嗯，很甜

张晓风小说精选

张晓风 著
徐学 选编

长江出版传媒 长江文艺出版社

图书在版编目（ＣＩＰ）数据

嗯，很甜：张晓风小说精选 / 张晓风著；徐学选
编. -- 武汉 ：长江文艺出版社， 2018.10
　ISBN 978-7-5702-0537-0

　Ⅰ. ①嗯… Ⅱ. ①张… ③徐… Ⅲ. ①小说集－中国
－当代 Ⅳ. ①I247

中国版本图书馆 CIP 数据核字(2018)第 167313 号

责任编辑：程华清
封面插图：老　树　　　　　　　　　责任校对：陈　琪
封面设计：沐希设计　　　　　　　　责任印制：邱　莉　　胡丽平

出版：　长江出版传媒　　　长江文艺出版社

地址：武汉市雄楚大街 268 号　　　　邮编：430070
发行：长江文艺出版社
电话：027—87679360
http://www.cjlap.com
印刷：武汉市首壹印务有限公司

开本：700 毫米×1000 毫米　　1/16　　印张：15　　插页：1 页
版次：2018 年 10 月第 1 版　　　　2018 年 10 月第 1 次印刷
字数：166 千字

定价：36.00 元

序

徐　学

　　晓风以散文著称,她亦乐此不疲,数十年间出了二十余本散文集。西方崇诗抑文,而国人却认为"诗文双绝"才是文人最高的桂冠。因此,唐宋八大家在经营散文时所耗的精力一点不亚于写诗,晓风的诗情大都用在她的散文里了。她的散文有诗情有诗趣,还有诗一般的文采修辞。

　　可晓风也善于叙事,也会编故事,讲故事,喜欢读小说。每谈起小说,她也很兴奋,她仔细阅读过古今中外许多小说,并且 30 年前就在大学里开了一门小说课,不仅讲授古典小说,还自作主张放进了"五四"以来的现代小说。因为喜欢小说,她编了一本《小说教室》,其中收入中短篇小说 19 部、小小说 8 篇,在后记里,她说,如果要在人类文明中找出十项最重要的成就,摩天大楼不算,汽车不算,塑胶不算,小说却一定是其中一项。可见她对小说的喜欢和认同。

　　晓风的小说创作起步很早,且众体纷呈,有存在主义意味浓郁的现代小说,有古意盎然的历史小说,还有想象奇特的科幻小说,亦有小小说和儿童小说,限于篇幅,我们无法全都选入,在现代和历史之外,加入了科幻和纪实,儿童小说和小小说只能暂付阙如。

　　晓风的小说结构精巧,富于画面感、现场感,这应该与她的剧作功力有关,晓风写过多种现代剧,对于场景转换、戏剧冲突和人物对白都有过悉心研究和多方实践，所以她的小说出手不凡，经过岁月的淘洗，依然魅力十足。

她的小说里有看云的闲情，也有沸血的肝胆。有时只是淡然，粲然一笑；有时却抑不住盛气，霍然而怒，小说里不仅有晓风多重的生命纠结，亦有历史的多般真实。（在送给我的《小说教室》扉页上，晓风写下："有人说，历史书，除了人名地名，都是假的；但小说，除了人名地名，都是真的。"这里可以窥见晓风的文学观，胜过千言万语。）

好了，愿晓风迷能够通过小说再次走进晓风的心灵世界。也愿下次有机会，再来介绍作为环保主义者的晓风，或是作为文学家，作为公益慈善家，作为儿童教育和儿童文学家的晓风，这千手千眼的晓风。

目录

哭　墙

（一）

那些粗粝的石块便那样堆叠着一带断墙。

那面断墙，硬而且冷，有一种悲戚的肃穆。

而每到礼拜五，那些石头就变得很温柔，一种哀恸后摧肠裂肝的温柔。每当那些流浪的犹太人聚在墙角下痛哭的时候，那种母性的悲哀与温柔竟使厚厚的石墙有些不支。

那墙总是湿的，流在异乡的泪是沉重的，不愿被挥发的。

（二）

那墙总是湿的，他想，朝北的墙总是一样的。

那也算一堵墙，倒是可笑得很，那样半人高的水泥垛子，竟也算是一堵墙。可是，如果它不是一堵墙，它又是什么呢？

那墙的年代想必很久了,从日本人住到现在至少总有二十几年了,二十几年!人生是没有几个二十几年的,当初在家乡唱:"矮子矮,一肚子乖,他是一个大妖怪"的时候,他做梦也不会想到自己会住在日本人住过的榻榻米上,穿着日本人别着一个大拇指的拖鞋,把自己圈在那个半人高的,湿漉漉的长满青苔的短墙里——一圈就是十几年。

今年的雨季不知为什么竟长得这么特别,记得好像是从去年冬天就开始了,这样无端地蔓延了三个季节,实在没有什么道理。况且那雨似乎全下在墙上了,把墙湿成一堆抹布,没有绞水的抹布。

每次苓姐都是从那堆湿抹布边走过来,二十年了,她还是那样瘦怯。奇怪的是她虽然瘦,却从来不显得枯干,他不得不承认她仍然是很好看的女人。

很好看的女人,苓姐,他的嫂子。

那一年,自皓留在昆明,奉命破坏机场。那一年,多少中国人肠断的一九四九年。

那一年,他十八岁,大学一年级,苓之刚毕业,做了他的助教。他们随着学校一起撤退到台湾。

自皓没有来,但他们都坚持着要自己相信他没有死。他们就是靠着这个活下去的。

有时,他们也在一起谈小皓,但不久,他们彼此都发现他们没有办法对那孩子有真正的亲情,那个出生一月后便被命运留给祖母的孩子。

他们谈莼之,他的可怜的小情人。他们谈着她的时候,她永远是十六岁,是苓之的小妹妹,是长着桃花脸的小女孩。

那年春天他们总是在桃花树下玩,他总爱用许多花瓣儿蒙住她的脸,不准她笑,也不准她呼吸,看能让花瓣儿在她脸上停留多久。可是她忍不住,她一笑,芬芳的呼吸便乱吹起一脸粉红色的漩涡。那些又轻又嫩的春意便绕着她的鼻翼轻颤着,弄得他忍不住要用初生的微髭去摩擦那些桃花瓣,以及桃花瓣外的桃花瓣。

有时候闹了气,她也会哭的,哭出一串串鲛珠。她哭的时候下唇比上唇要突出一些,像一个受委屈的孩子。

可是,那一年,大人们决定要让这两个孩子结婚了,那一年,大规模的拆散工作正在各处进行,他们却被决定要结婚。

"我们回老家去见见奶奶,"莼之临走时说,"我还要办一点点嫁妆,当然不会像姐姐那么多,可是总要有一点点。我只回去一礼拜。"

可怜的莼之。她对自己的时代了解得太少了。

"我一定要买到我们老家的玉屏箫,那是成对的,两个人合吹起来好好听,"她的脸上掠过一阵痴情,一阵悲剧的迷茫,好像箫音微颤在很高的地方,"我要教你吹的,你不知道那箫有多美。"

可怜的莼之,她以为她自己是《列仙传》里弄玉公主呢!

"你这两天要给我找一家礼服店,给我租一件花边最多的礼服。"

可怜的莼之。

那一个礼拜,那一个礼拜,世纪悲剧的发生连二十四小时都不需要,何用一个礼拜。

他永远不会看到那对玉屏箫了,就像她不会碰到那件花边最多的礼服一样。

刚到中国台湾的那一年他总是哭,苓姐却是不哭的,虽然她的损失比他更多一些。

苓姐常来,老远地来,只为替他做一碗"过桥面"。

每次他们吃过面,就想起中国的西南方,那个天最蓝,风最柔的地方。

每年,他总记得他自己的"结婚纪念日",那个新娘没有出席的纪念日。

毕业以后,苓姐把他拉到她教书的中学教书。她已经是训导主任了。他发现她忙碌得简直和他说话的工夫都没有。她白天上班,晚上去跟神父学西班牙文,有空的时候就练习速记。

他住在他的单身宿舍里,对着一堵墙,无聊地用扑克牌打通关。然后每年在自己的"结婚蛋糕"上加一根红烛。

他也发闷,可是他不打算用西班牙文救自己。西班牙文终于也没有救成苓之,因为那神父回国了,换了一个中国神父。

那年中秋,就是前年吧,她请校工叫他去吃饭,那夜月亮圆得有些冒昧,把人心勾得惨清清的。

他们喝了不少加冰块的乌梅酒。

后来她用西班牙话说了些他听不懂的句子,他也没问她。他们听了一些老唱片,她便径自回寝室去了,他挣扎着想回去,却没有想到走到前厅就醉倒在那里了。

半夜,他被一声凄绝的叫声惊醒。

"他死了,"苓之大声地哭着,"我看见他死了,啊!他死了。"

他跑去拉她的手,摇她,满室的月光被摇成一万块碎片。

然后,那件事便那样自然地发生了,事后她没有哭,也没有懊恼,只说:"以后不要告诉莼之,她受不了的。"

不久天主堂又来了一个比利时神父,她没有再去了,那件事以后她就一直作践自己。

"我们可以结婚的,不是吗?"有一次,大概是他们在一起的第七八次,他向她说。

"你疯了,"她忽然严厉起来,"绝对不可能的。"

她说"绝对"两个字的时候,全身的青筋都浮现出来。

可是,她没有拒绝他。

他间或仍然会想起那个天很蓝,风很柔的地方,仍然想起那片桃花林,以及他所从未见过的那对玉屏箫。

雨已经停了,苓姐会不会从那堵矮墙外走过来呢?

他需要一堵高大坚硬的墙,可以让他靠一靠,可以允许他痛哭,哭一九四九年的春天——春天的桃花。

(三)

耶路撒冷的春天几乎被酢浆草覆遍了,番红花和石榴乱映在离人的泪眼里,斑鸠的声音把整个旧城叫得忧愁欲死。

那批犹太人在墙下哭着,那六十尺高,一百五十尺长的石墙下全是一片哭声。阿拉伯人在不远的地方监视着,不知为什么,那些哭泣和祈祷让他们警觉到有什么事要在这民族身上发生了。

两千年的流离,全民族的悲苦无告,全在哭泣的哀声中流动着。

"弥赛亚! 弥赛亚! 愿你裂天而降!"

"万能之耶和华啊! 求你不要掩面不顾我们!"

羊角被高吹起来,有低低的念诵声从群众中腾起,那古老的诗篇一百三十七篇:

> 我们曾在巴比伦的河边坐下
>
> 一追想锡安就哭了
>
> 我们把琴挂在那里的柳树上

因为在那里掳掠我们的要我们唱歌

抢夺我们的要我们作乐

说:"给我们唱一首锡安的歌吧!"

我们怎能在外邦唱耶和华的歌呢

耶路撒冷啊! 耶路撒冷啊

我若忘记你,情愿我的右手忘记技巧

我若不记念你,情愿我的舌头贴于上膛

…………

阿拉伯人望着他们,带着仇恨,也带着敬意。

羊角声中有一种什么比血更热,比剑更寒的东西。

(四)

更寒的,更寒的,夜竟是这样凉了,冷气机正在进行一种小型的轰炸,把寒意投了一屋子。

而高太太还一个劲儿地在各人的饮料里加冰块。

"我就是怕热。"她说。

她真的怕热吗? 她对好多事都热衷得可怕! 尤其是打牌。

许多戴宝石的、戴翡翠的、戴黄金的、戴钻石的手指在桌上搅着,搅起一片清脆单调的声音。那声音落在午夜的寂静里,有一种世纪性的悲凉。

苓之把小小的城墙筑在自己面前,那些冷冷白白的东西活像一列牙齿,不断地噬咬着她。

"苓之啊,我说你也别守着你那口儿了。"那个长得很丰润的黄太太说,

"多少男人都娶了战乱夫人了,你守个什么名堂呢?"

"是啊,女人是没几年好日子的,"那个姓潘的老小姐说,"女人过了三十就难了,你三十了吧?"

那堵小小的墙望着她,以那些筒子、条子,以那些红中、白板,以那些东西南北风。

"我四十了。"她愤然地说,顺手扔出一张四万。

"啊,你哪一天过生日?"高太太兴奋起来,"我们来热闹热闹。"

"有什么好热闹的?"

她把那堵墙搬了又搬,丢出去,又拿进来,拿进来又丢出去。

"和了!"潘小姐叫,她的声音又干又尖,有一种做作的爱娇。

大家的墙都倒下来,然后是洗牌,然后是再砌一堵新墙。

(五)

她回家的时候,夜光表正指着两点,夜又浓又黑,像是什么人的棺木。

走到矮墙旁边,她忽然发现一个高大的人影。

"是你吗?自皦。"

"是我。"

他们在那片浓黑中彼此互视着。

"你要干什么?"

她忽然厉声地说。

他没有回答,她发现他竟长得那么高了,他比自皓还要高些,他已经三十六岁了。

"我不要什么,"过了好久,他很疲倦地回答,"我只想找个地方,一堵可以靠一靠,哭一哭的墙。"

她怔怔地望着他。

"哭我的十八岁,"他说,"永不回来的十八岁。"

她感觉到泪水在她酸涩的眼睛里转动。她没有擦它,只赶紧拿钥匙去开那扇门,并且急急地跨了进去。

"我找不到那个地方,可以靠一靠,哭一哭的地方。"他喃喃地说,带着一种固执的语气。

"你回去吧!"她的声音又低又平,从半开的门缝中露出来,"我这里也没有,真的没有,你回去吧!"

钟

*

那天早上我到校的时候，第一堂课竟然已经开始十五分钟了，我觉得很骇然。

我班上的那群小猴子都在欢天喜地叫嚷着，我老远就听见了。接着，在我放脚踏车的时候，我看到校长跑进我那间教室，用他特别洪亮的喉咙叱骂着。

人家说好嗓子贵，大约是不错的，我就没有那么条好嗓子，所以老是爬不起来，老是教三四年级。

我匆匆地绕过车棚。我想不通我为什么迟到了，我的表才七点四十，大厅上的钟却已经是八点一刻了。

而今天的天阴着，我看不出现在究竟像七点四十，还是像八点一刻。

我去拿粉笔的时候看见何老师正在整理她的挂图。

"你的表几点了？"我问。

"八点四十。"她说。

今天是怎么回事？我不禁迷惑起来。

"你没有看错吗？"

"唔，我忘了告诉你，我的表一向是要快半个钟头的。我做事喜欢磨，表不快些不行。"

"你平常是对谁的表呢！"

"不一定，我老是忘记上发条，所以每次发现表停了以后，碰见谁就对谁的。"

我拿了粉笔往教室走，我很惊奇有那么多老师都站在他们的讲台上了，他们的表竟都跟我的不一样。

我正走着的时候，忽然听见洪老师的脚步声从后面赶来，他的脸孔通红，被汗水照得透亮，一副气急败坏的样子。不知为什么，一看到他，我心里忽然安慰了不少。我们一起往前走的时候，又发现五年丙班的华老师也没来，不过五年级的女学生到底比较用功了，她们坐得很安静。

"一定是老王把时钟拨错了，我的表一向没有错过。"

"一定是的，"我说，"我的表也很准的，昨天晚上我儿子才到大昌号杂货店对过的，你知道，大昌号的钟是全镇的标准钟。"

"当然，我今天早晨经过的时候也对过一遍。"

我走进教室的时候，校长刚走出来，我们被卡在小小的门口。

"学校的钟快了。"我说。

他用谴责的眼光看我，好像我是一个撒谎的小学生。

我没有理他，我走进去上我的课，并且理直气壮地照我的表下课。

*

我回到家的时候,我的女人很兴奋地站在门口。

"听说你们学校的大钟坏了,"她那副唯恐天下不乱的样子弄得我又好气又好笑,"这样快下去还得了吗? 一天快三十几分。"

"今天中午有蚵仔煎吃吗?"我说。

"怎么会有?"她说,"我去菜场的时候,镇东边的女人都来过了,你忘了她们今天的钟比我们快三十多分哪! 菜都被她们买光了。"

"见鬼,我们学校的钟快了,也不见得镇东边的女人都起早了呀!"

"你才见鬼,你难道不知道,上寮镇东边的人都拿你们学校的钟做标准,上寮镇西边的人全拿大昌号的钟做标准。"

我叹了一口气,今天中午没有蚵仔煎吃了。

吃完没有蚵仔煎的午饭,我便一个人躺在一把旧躺椅上,在不远的地方,有海水的蓝在发着光。我不禁又想起我在台南师范时那段快乐的日子,以及我在高雄教书时美惠对我的种种情意。

而现在,我什么也不是了,我将一辈子住在这个东部小渔港里,做一个小学年级的教员。

晚上,我按着我的表在六点钟吃了晚饭。饭后我去看六点四十的布袋戏,可是,他们居然已经开演半小时了,我踌躇了一下,觉得用同样的钱,却少看了半小时是很划不来的。于是我走了回来,把省下来的票钱在摊子上买了半杯红露酒和一小碟花生米。

我按着我的表上床睡觉,我的女人却已经睡着了,想必她已经改用学校的钟了。

*

第二天早上，我起来，开始觉得很迷惘，我不知道该照哪一个钟去上课了。

我的女人顺口说了一句："那就折中吧！"

我听了她说话，这样做也许比较能保留住镇西边的尊严。

我到学校的时候，升旗典礼刚结束，训导主任说："请各位老师到校长室来一下，有点事情要商量。"

那些小猴子们踏着音乐浩浩荡荡地回教室去了，我很惊奇他们的精力，他们天一亮就跑到学校来了，在上课以前他们至少已经打过一个多小时的仗了，现在居然还能踏着这样起劲的步子。

所谓校长室只不过是一个四面挂有锦旗的小房间，我们全校却有二十六个老师，有好几个老师不得不站在门外面听训。

"各位老师，"他咳嗽了几声不必要的咳嗽，又清了一下实际上并没有痰的嗓子，"我想我们大家最好对一下时间。"

于是从洪老师开始，我们一个一个报出自己的时间。

其中有十位老师是没有表的，她们说她们的丈夫或邻居有表就够了。

我们剩下的十六位竟没有一个人的时间是相同的，不过大体说来，住在学校的七位老师都在七点五十分以后，住在镇西边的却都在七点四十分以前。

"我们不能有两种行政制度。"校长说，用一种长者的威严瞪着我们，我知道他不过是装来吓唬人的。

"所以，我们现在要把时间调整好。喏，大家看对面大厅上的钟，现在是八点三分零十七秒,大家都改正过来。"

大家都转过头去看那大钟,那大钟在大家都看它的时候变成八点三分零十九秒了。

我注意到每个人都低头去拨动他们的指针,除了那几位没有表的老师,以及我。

"邱老师有什么意见吗?"

"是的,"我说,"我想知道那个挂钟是什么牌子的。"

"牌子我忘了,"校长说,"不过我记得当初是花七百块钱到城里去买的,不会是坏货色。"

"可是我还是怀疑它,大昌号的钟是从台北带来的,是有名的天马牌,而且又值一千块。你要知道,十年前一千块是很值钱的。大昌号的钟无论如何要比它准些。"

大家都望着我,校长的金鱼眼里出现了我所熟悉的凶光,从前我在高雄教书,跟那位校长发生争执时,他便是用这种眼光望我的。

之后,我便被贬到这个叫作上寮的东部渔港来了。

可是,现在我不怕了,他不能再贬我了,世界上再没有什么比上寮更穷僻的地方可以贬我了。

"我不知道什么大昌号不大昌号,"他不耐烦地说,"这里是上寮国校,大昌号跟我们有什么关系?"

"如果是在台北就好了,"刚毕业的李老师不知趣地说,"去年我们环岛旅行经过台北时,大家都去拨一一七,永远都有一个小姐在告诉你时间。"

校长开始拍他的桌子。

"废话少说,"他咆哮着,"我们这里既不是大昌号,也不是台北,我们是上寮国校。"

我们都沉默地离去了。

我终于没有去对我的表。

*

下午，阿土来找我，我一看他的样子，就知道他是来找我给他儿子取名字的了。他是上寮镇里比较有头有脸的人物，他有一辆机动车，天天自己到九厝去卖鱼。

"实在不好意思，"他说，"又来麻烦先生了。"

"没什么，"我说，"大不了十个月一次。"

"算命先生说他缺火。"

"那就叫陈烈。"我说，顺手写了给他。

"是缺火，不缺水的。"他迷惑地望着我。

"那四点不是水，是火。"我说，"你看，古时候是这样写的，后来的人偷懒，就写成四点了。"

他很惊服地望着我。

"老师真有学问，连古时候的人怎么写字都知道。"

他临走，留了二十个红蛋在我桌上。

"老师，"到了门口他很热心地说，"昨天下午我才听到我们镇上的两个钟出了问题，今天我卖完了鱼就跑到九厝车站去对表，我敢说，现在全镇的表就数我的最准了。"

他给我看他的表，是三点十七分，我的表是两点五十五分。我记得学校的钟大约比我快三十五分，它现在该是三点半。

如果阿土的表是对的，大昌号和学校的钟便都错了。

"你的表一向准吗?"

"很准的,"他很自豪地说,"一天只快五分。"

"五分?"我说,"你从九厝回来至少要两个钟头,你吃了饭洗了脸来找我又去了一个钟头,你跟我扯了半天到现在至少是半个钟头,如果一天快五分的话,三个半钟头总要,嗯,让我算算,总要快四十四秒。"

"四十四秒?老师,四十四秒是没有什么关系的呀,我卖鱼从来不跟人家算零头的。"

"四十四秒本来是没有什么关系的,"我说,"不过如果你想做标准钟,就是差四秒也是很严重的。"

阿土睁着他惊讶的眼睛看我。

"老师,世界上有那样一个钟吗?从来不错的钟。"

"我在一本书上看到一个钟,走一千年只差一秒。"

他口张舌结地呆在那里,他惊服的程度跟刚才我向他讲解"烈"字时又大不相同。

过了好几秒钟他才恢复过来。

"可是,"他用一种乡下人特有的固执说,"过了一千年它到底也差了一秒。"

我没有想到他会这样说,我着实愣了好一会。

我仍然没有改正我的表,不过我记得他的表比我快二十二分,不,二十一分十六秒。

现在我虽然只有一只表,心里却有三个不同的时间,大昌的、上寮国校的,以及九厝车站的。

*

我每天照学校的时间去上班，日子跟从前一样，只不过早去三十五分钟，早回来三十五分钟就是了。反正天也热了，就把它看为前几年的"夏令日光节约时间"吧！

使我一直惊奇的是镇西边和镇东边的钟，何以会在一夜之间差上三十分。

阿土的标准钟没有受到预期的欢迎，虽然事实上也许他的钟最接近真正的标准。可是，没有人考虑要接受第三个标准，两个标准已经够使他们左右为难的了，何况阿土自称的标准钟把镇西边和镇东边的标准同时否定掉了，这使大家都不太乐意。

"你是吃九厝饭的，"大家这样说，"你当然要照九厝的钟，我们不是，我们是吃上寮饭的。"

"我吃的是上寮国校的饭，"我凑近他们自我解嘲地说，"可是我用的是大昌号的钟。"

他们向我笑，并且叽叽喳喳地说：

"我们西边的钟一定是最标准的。"

"一定是的，一定是的，你看，老师都用我们的钟。"

我没有想到我继续用大昌号的时间会给镇西边的人这么大的鼓舞。

可是，我渐渐也有些怀疑大昌号的时间了，它真的可靠？我从来没想过这个问题，可是我现在开始想了。

晚上，我去找秦柏青先生。

*

秦先生住在海边的一间草寮里,当初那间草寮因为连续死了三个男人,阿冬嫂便用极贱的价钱把它卖了。

秦先生刚来的时候很引起一阵骚动,没有人知道他从哪里来,也没有人知道他到这里来干什么。可是,渐渐地,镇上的人们谈他也谈厌了,除了小孩子们偶然还跑去窥探他以外,大人们已经不再谈他了。

他似乎做过许多种事,他当过兵,做过警察,教过书,做过生意,办过杂志,甚至还养过猪。

他最近便在草寮外养着一栏猪,上寮的人发现他们已经知道他的职业,就相当满意了。他们一直以为他是养猪的。

想起来,我也希望人们这样看他的,如果有人知道他教过中学,也许他们就不会继续这样尊敬我了。

他必定是知道我的,我从他的眼睛里了解了这个秘密。他看我时的眼睛很不同,上寮的人看我时总带着一些害怕、尊敬和嫉妒的成分,秦却不是这样,他的眼睛里有一种压抑不住的悲悯。

可是,我爱去他那里。

"你知道吗?"我说,"这两天镇西边和镇东边的钟走得不一样了。大家都弄得不知该怎么办才好。"

"都是些庸人自扰的事,真的,其实日光之下没有一件新鲜事,真的,真的,你信我的,他们全是庸人自扰。"

"话也不是这么说,我们总得有个标准。譬如说镇西边的人全照大昌号的,镇东边的人全照上寮国校的,可是如果要开镇民大会呢? 大家照什么标准呢?"

"屁的标准,"他很愤慨地说,"什么叫标准,开天辟地以来就没有标准。"

过了几秒钟以后他又说:

"全台湾有一千三百万人,有表的总有五百万人,你把那五百万只表凑拢来吧! 决不会有几只是同时的。"

"可是,总得有个标准。"我坚持说。

"你去找吧!"他说,那可恨的怜悯的笑容又浮上他的眼睛,"你找着了就告诉我。"

*

我走进办公室的时候,发现每张桌子上都有一份红帖子。

"嘿,"圆脸的李老师开心地嚷着,"校长的大儿子要结婚了,听说女家陪嫁有两三万呢! 我怎么就没有这么好的运道?"

"你当然没有,"大伙儿嬉笑着,"你老子不是校长。"

"东西就快抬来了,"何老师说,"听说有好多好多车,有缝衣机、有脚踏车、有家具、有太空被、有各式各样的衣裳。"

"我知道有一个东西,顶顶稀罕的,你们猜是什么?"说话的是一位细声细气的女老师,大家都望着她。

"是电晶体收音机,"她来不及等大家猜,便兴奋地宣布出来,"我认识那女孩的嫂嫂,她爸爸怕她嫁到这个没有水电的地方会太苦,特别给她买了一个长短波的电晶体收音机,要知道,那是上寮第一个收音机呢!"

"啊!"我忍不住叫了起来,我想起从前在高雄的那段好日子,那时候我也有一个电晶体收音机的,可惜跟美惠去爬山时掉到溪涧底下去了。唉,美惠,多久多远的事了,她现在去哪里了?

"什么事?"大家惊讶地望着我。

"唔,"我说,"我想,这样我们就可以对时了,电台的钟是最准的了。"

顷刻间,办公室安静了下来,有一两秒的时间,大家互相对看着。

"了不起,"终于有人说,"简直是一个新时代!"

"东西什么时候来?"有人迫不及待地问,"我们好见识见识。"

"嘿,"李老师说,"以后我娶老婆也要拣个肯陪送电晶体收音机的。"

*

我没有想到我回家的时候,我的女人已经知道有关电晶体收音机的全部事实了,并且她还很有把握地说那是国际牌的。天晓得她懂什么叫电晶体,什么叫国际牌,这使我的自尊心受到不小的打击。我原以为她会睁大眼睛来听我的。

镇上的人差不多一下子全晓得了,我相信除了住在草寮里养猪的秦柏青以外,几乎每一个人都多多少少知道些关于那架了不起的电晶体收音机的事。并且都在等着那当啷一响的对时。

如果有一个人该去告诉秦柏青,那就是我了,可是,我不愿意去,我也不懂我为什么不愿意去。

我知道如果我告诉他任何关于那架电晶体收音机的事,都会被他奚落一阵的,我犯不上去做这种傻事。

而我的女人继续不厌其烦地向我形容那架收音机是一个怎样神奇的又有长波又有短波的东西。"你知道长波吗?"她说,"就是很长的意思,有了长波就可以收到美国人的洋歌。短波呢，就是很近的意思，可以听台东的电台。"

我忍不住烦躁起来，走开了。

海水的蓝在远处闪耀，忽然，我发现自己竟是向秦柏青的草寮走去的。我立刻停下脚，我不要去那里，我还是去喝一杯红露酒吧。可是太晚了，秦看见我了。

"嗨！"他很快活地嚷叫起来，"多好的天气，要不要来看看刚生下来的猪。有四头呢！"

"不要，"我说，"我只散散步就好了。"

"我屋里有新沏的龙井，"他依然站在猪栏旁边，"真是好东西，让我差不多想起杭州来了。"

我好喜欢那种龙井的香味，秦柏青对于茶道是很有一手的。我放弃了散步和红露酒——其实原来我就没想要它们的。

我喝完一小杯茶以后，他也进来了，很得意地望着我一口一口地啜饮。

"镇上有什么新闻？"他一面用一条大毛巾擦汗，一面很有兴味地问我，"校长的大儿子跟白牡丹的事到底怎么个了结？"

"天呀！这是八百年前的事了，人家下礼拜就要从城里娶个阔小姐回来了。"

我说得很兴奋，等我想煞住自己的时候，已经来不及了，我竟然把陪嫁的细节都说出来了，并且还提到那个电晶体收音机——我甚至还提到大家所期待的那一声对时了。

那一刹那，他望着我笑了，他的笑容一下子就闪逝了，但却那样让人受不了。

"那是灾难的起始，"他说，眼睛漠然地瞅着大海，"上寮其实不需要这些东西的,上寮本来可以过得很好的。"

"那不公平,秦,"我争辩,"我们都在都市里住过,所以现代的东西我们都接触过。而在上寮,他们有什么呢?他们只有布袋戏、红露酒,以及白牡丹,现在他们将有第一架电晶体收音机了,他们可以开始多了解一些这个世界,他们可以知道世界上除了上寮、九厝,还有许多人物和地方,这不是一件好事吗?"

"不是的,邱,这是一件不需要发生的灾难,我们却竟然愚蠢地期望着它的发生。在这个世界上,只有很少的人仍可以像上寮一样幸福,想想看,起码他们不知道印度的饥荒,他们不知道饿死的人的尸体怎样地泛着黑色……"

"不要这样说,事实上也没有这样严重,他们只是期望看看电晶体收音机的样子,听听那神奇的盒子如何来告诉我们最正确的时间。"

"可是,什么又是最正确的时间呢?"

"我不跟你抬杠,秦,我的意思是说,如果我们有一个时间,可以让镇西边的人跟镇东边的人一起遵守,办起事来要方便得多。我说过,无论如何,总得有个标准——当然那标准愈标准愈好。"

"标准,那简直是鬼打架,我想起个笑话,说给你听听也好。有一个女人,生了四个孩子,然后她便小心翼翼地每天吃一颗避孕丸,有一天,她和丈夫出外旅行,轮船经过国际换日线的时候她忽然急得哭了起来。'啊!'她说,'我不知道我该多吃一颗,还是少吃一颗!'"

"她该照格林威治标准时间吃!"我说,却忍不住笑了起来。

"去他的格林威治!"他很愤慨地说,"格林威治跟我有什么关系,那个伦敦市外的小镇干我什么事?谁立了它做世界子午线的起点?我是不承认的。听说格林威治那儿的农夫也不承认它。"

他点了一支烟，踱到门口去张望他的小猪。

"如果有人问我那只小猪是什么时候生的，我会告诉他是太阳照到屋檐的时候生的。如果他们问母猪生产所花的时间，我会说，大约一盏热茶的工夫。如果有人问小猪生下多久才张开眼睛，我会说，一袋烟的时间。你看，我不用说几点几分几秒，我们一样可以表达的。你看，我们为什么需要格林威治的天文台？它是十七世纪才有的把戏，而十七世纪以前人类已经活了几万年了。"

"哎，秦，我是反对的，这是什么世纪了，我们老是那么不科学是不行的。什么叫一盏热茶的工夫？那一盏有多大？用文火炖的还是用烈火烧的，天才知道你说的是什么意思。"

他走过来拍我的肩膀：

"别生气，邱，我想我也许真的是年纪大了，对旧的事物突然这样依恋起来。那些表达也许并不科学，但却很美。我记得佛家会把二十念叫做一瞬，又把二十瞬算作一弹指，谁晓得那是一种怎样的分法。一点都不精确，是吗？可是我们都能了解，而且觉得那是一种适合人类的说法，而几分几秒却不是的，那是一种无情的割裂。"

"也许是的，可是那个时代过去了，过去了就不会再来了。学生上下课不能再靠燃一根香来计时了，短跑纪录也不能再说几弹指了。前些日子，我听说人类第一次靠人造卫星的转播一起欣赏一个电视节目，这些联播的国家，光为了对时就花掉两个月，这种努力是可佩的，不是吗？我们上寮镇也许不能完全跟得上标准，但让我们尽量合乎标准，又有什么不对呢？"

"标准是一件不必要的罪恶，"他仍然坚持着，可是他的声音慢慢地变得又低又平，似乎不想再说下去了，"标准是人类发明的玩意儿，上帝显然并没有创造它。上帝造的每一个人都美丽，希腊人偏要定下八头身的比例。上帝造的每一个长方形都可爱，人们偏要选择黄金矩形。"

我端起杯子把最后一口龙井茶喝了下去。

夕阳在海那边沉落了，海水在刹那间变成不可测的艳紫，我看我的表，五点四十，我的女人想必又站在厨房里发脾气了，我真不喜欢按时候吃饭。

"那个没有表的世纪该是多么幸福！"他望着我，喃喃地说。

不知道是因为光线的变化，还是龙井茶的水汽，我发现他的眼睛看上去竟是完全湿润的。

他送我到门口，态度比刚才和缓多了，我忽然憬悟到，我们的友谊必须继续维持。在上寮这种地方我们不可能得到其他可以谈话的人。

"当然啦！"他说，"如果有个电晶体收音机对对时，也不能算什么坏事，反正要发生的事总是要发生的，我们既不能促成它，也不能禁止它。"

"再见，"我说，"改天你要不要把小公猪阉一阉，我的女人对这件事很精到。"

"多谢了，"他说，"其实小公猪也蛮可爱的。阉了就只剩一堆肥肉了，不过也许还是阉了好。"

我绕过猪栏走向回家的小径。

忽然，他从后面赶上我。

"有一句话，不知该不该说，说了有点像抬杠，不过，不说又忍它不下去。"

我回头看他，惊讶他的笑容竟有那么孩子气，我一时简直愣住了，我记不清我有多久没有看到这种笑容了，说来也叫人难信——我在小孩子们的脸上也没有发现过真正孩子的笑容。

"你说吧！"我投给他鼓励的一瞥，我感到有什么很温暖的东西从我心底升起，我从来没有像此刻这样喜欢秦柏青——真正的喜欢。

"其实也没什么，"他忸怩地望着海，"只是偶然想起来的笑话，你知道吗？现在全世界都用英国的 Big Bean Clock，嗨，你知道我们怎么翻译吗？有人叫它 B. B. C. 大鹏钟，有人呢？哈！就叫它大笨钟，哈，好一个大笨钟。"

"你就是要讲这个大笨钟的故事给我听的吗？"我忍不住笑了起来。

他没有回答我，把一双大手互相搓着。

"你想，就算我们上寮国校校长大媳妇的电晶体收音机能收到英国的大鹏钟的钟鸣，又有什么用？电波从英国绕到台湾，就差了十五分之一秒，从收音机传到耳朵里又差了十分之一秒，你看，这成个什么标准？"

"老兄，"我望着他，不知该生气还是该发笑，"搞了半天你还是这一套，其实，全上寮的人谁也没想到要以分计时的，更别谈秒，甚至几分之几秒了。总不能人人都像你老兄那样一板一眼的。照你那样说人间根本就描不出一个圆，量不出一个方来了。"

他痴痴地望着我，刹那间，他的笑容暗了下去。我不知道我说了什么太重的话，但我很熟悉那种表情。每次我打完我班上的小鬼头的时候，他们便会有那种表情。

"我想他们的收音机可听不到大笨钟，他们一定是听中广的'中原标准时间廿点正'。"

我一面说，一面靠着记忆学广播小姐报时的音调。但秦柏青兴味索然地转头去望大海，我不知道什么事使他忽然变得那么落寞。

"中广的钟我看过，"好半天以后他小声地说，只是眼睛仍然望着海面，"大大厚厚的，六十五年差一秒。"

我忽然想起阿土，以及那天他所说的："它到底也差了一秒。"

海面转为一种极深的黛蓝，天开始晦暗起来了。

我走了好远以后回头仍见他站在那里，他的背后是一片深色的海洋和天空，可是他的影子总比那些颜色更深更浓些。

*

很意外地，我回到家里的时候我的女人一句话也没嘀咕，只是迫不及待地把饭摆了出来。

一直到吃完饭，她换上出门的衣服，我才明白原来她是没时间跟我啰唆。

"阿春嫂说她下午看到嫁妆了，"她说，"我们镇西边的人得到消息太晚，嫁妆已经抬到校长家去了。"

"你要去看嫁妆？"我愕然地望着她。

"去瞅瞅，"她高兴地笑了起来，"我假装去送礼金，顺便瞄两眼也是好的。"

"我告诉你，"她走到门口又回过头来很神秘地说，"阿春嫂讲的，那个收音机小小方方的，上面却插了七截白白亮亮的小铁棍，但是又可以缩成一截。"

"够了。"我说，"你去看吧。"

"你把表给我，"她老实不客气地伸过手来，"我去对对时间。"

我把表给了她，她满意地走了。

我举起没有表的左腕，那里有一道很显然的白痕，想起来我竟戴了十几年的表了，人间的手铐大概很少有这么大的威力吧？

我走到院子里，星光滴溜溜地悬满了大半个天空。不知是受了秦柏青的影响，还是偶来的思潮，我竟有些悲哀起来。

想起许久以前的夏夜，那时候我还是个孩子，那时候我们可以捉一晚上的萤火虫，而从来不必担心浪费了多少小时，我们甚至可以捕一辈子萤火虫——只要我们高兴。

而现在，我的生活永远只在一个一寸直径的表面上打滚，我要一个对过时的表干什么呢？让我的滚打得更规则一些吗？

我的女人就要回来了，她会带回来一个什么样的标准？

星斗在我的头上倾转，我没有表，这也许是我生命中唯一一次没有表的晚上了，我禁不住有些忧愁。好像少年时代，每天走过原野，忽然有一天，发现风吹得特别醉人，花开得特别烂漫，我就知道那是整个春天最美丽的一天，过了这一天，所有的美都将衰老而消逝了。而今晚，在我的生命中也是这样容易凋谢。最甜蜜的一刻总那样微妙地包含着忧愁。

远远地，我好像能听到我女人回家的脚步声，整个上寮的新命运随她一起向我走近了。

我茫然地站起身来，哗啦一声，星光全泼在我身上了。我再抬头望它们的时候，它们全都开始黯然失色，虽然表面上还仍然很明亮——今晚最好的辰光过去了，我知道。

诉

法官,我不愿意死——如果那是一种羞耻的死。

我能想象,你正直的嘴唇正向下撇,你说:"哈,你看,这种女人也和我谈起羞耻来了,这种灭尽天良,禽兽不如的女人。"

法官,如果申辩仍然是我的权利,我就要说话,事实上也许这些话并不是话,而是一串哭嚎,像我们每一个人初来叩世界之门的时候一样,我们以无效的抗议性的哭嚎为始,我们也以此为终。

如果我有钱,如果我还有一个爱我的人,我就可以把抗议委托律师,而我没有,我只是一个人,我自己来做我自己的律师,我自己来保护我自己——但是,法官啊,现在连我自己也不想保护我自己了,因为我不再爱自己了。我为什么要爱自己呢?本来这世界上有一个人是十分爱我的,啊,法官,那个人是十分十分爱着我的,我说他是一个"人",我不说他是一个"婴儿",因为一个婴儿爱不出那么多的爱。每天清晨,当他醒过来,他那双温柔的小手就伸过来烙在我的脸上,像晚春时节的花瓣擦入衣领中的那种感觉。当他对我说话,啊!法官,我该怎样告诉你那种声音,他整个的人是一支歌,一支极短极轻柔的小歌。

而法官，现在他没有了，多么可怕的事！他没有了！他就像我们十七岁那年的月亮，在记忆中极鲜活极明亮，但是，他没有了。是我自己杀死他的，真的，法官，我做了这件事。那在世上唯一用全部的真情爱我的人，我却把他杀死了。

那么，法官，我还有什么可申辩的？法律和人情或许会原谅弃老的儿子，但他们永不会原谅杀婴的母亲。我应该去死，我应该走向荒草没胫的刑场。我应该俯下我可耻的脸，倒在染着我自己血液的土地上。让人们以咒诅为棺，以鄙视为椁，葬我在无人的穷郊。

但是，法官，容我说一句，仅仅一句话，我爱他，真的，当我向你这样说，我的心就感到一阵由固体化成滴水，又化成轻烟的那种温柔。爱是一种绳索，法官，你不明白它有多么强，虽然他已埋葬了两个月，虽然他小小的尸骨已经又湿又冷，但我们仍是相系着的，我们是结，永生永世不会被打开。每天，当我在看守所中醒过来，那种轻柔的手指的接触就那样清晰地回到我的脸上，真的，法官，我差不多可以感觉得到，哪儿是他的大拇指，哪儿是他的无名指。

请不要那样望着我，法官。请不要那样望着我，书记。你们可以记录我的话，或者不记录我的话，但不必记载我的眼泪，那是我和我儿子间的私人事件，那是我们神圣的爱情，请不要分析我的举动——像分析一部操作失灵的机器。

好了，法官，你会问我，你会说，这一切多么荒谬，你会说，所有的杀害都出于恨，所有的杀害都是仇敌所为。而一个母亲，为什么要杀她的儿子，她所爱的儿子？

如果这是你的问题，法官，这也是我的问题。人世间的事如果能像一题四则算术该多么好，但不幸我们却像台风过后的低地，彼此被对方的污秽壅塞了。我们都是害人者,我们也都是被害人。

我记得那个叫耶稣的人,在钉上十字架的时候说过一句话,他说:"父啊,赦免他们,因为他们所做的,他们不晓得。"法官啊,那个两千年前的先知不是把我们什么都说穿了吗?法官,我们之中谁又明白自己所做的是什么呢?难道你明白吗?难道你真的晓得你身穿黑袍,手执惊堂木是在干什么吗?而我,囚首而垢面,羞耻而枯干,站在你面前,我又知道我在干什么呢?

如果,二十多年前,你我的母亲彼此在火车中的座位上相遇,彼此用一种母亲所独有的骄傲向对方描述自己的孩子,她们会不会想到,她们之中有一个要负责养大一个法官,而另一个要负责养大一个罪犯,并且有一天他们将相遇,其中一个要判另一个的死刑,置她于死地?

法官,这一切让人迷惑。

法官,愿所有的教师先教导他自己,愿所有的医生先治疗他自己,愿所有的士兵先制胜他自己,愿所有的法官先审判他自己。

而他们能吗?法官,他们能吗?

请不要对我生气,法官,我就要开始说我自己,我会把我的全部告诉你——我二十七年来曾经竭力用好的品性,好的功课,好的乐观精神所掩住的痛苦的灵魂。

我的童年,法官,我不必向你说,因为我不记得。我只记得我是一个孤独的孩子,常常夜晚一个人坐在后院中冰凉的石头上。我怕鬼,怕毛虫,却又狂热地想做一个探险家,我想着山和海洋,我想着吃人民族,我想着一切最艰巨的危险。

我曾经存了五十块钱,那是由每年一度的压岁钱积成的。我不吃冰,不吃糖,不吃酸梅,不吃花生米,我只想有一张船票,我想到美国去——因为那时候世界上除了中国我只知道有美国。但终于没有成功,我的表姐告诉我就算存到五百块都不够。

有一天深夜,好像是我十三岁的那一年,一个燠热的晚上,我听到父亲和母亲吵架的声音,我竭力想避开它,我困极了,但那声音固执地盘旋着,在我蒙眬的意识中载浮载沉。

吵架本来是他们的常事,我并不难过,但那一夜却特别大声又特别持久,后来我感到灯光刺眼地亮起,母亲走过来掀起我的帐子。

"白桦,"她颤声说,"这是给你的。"

我起来,看见那是一封厚厚的信,是妈妈写的,她斜斜的,没有棱角的字体。

我只看了一行,就惊跳起来。那上面写着:

我亲爱的孩子们,永别了!

我掷下信,忽然之间清醒得像一条冰柱,我去抢她手中的一个瓶子,一个褐色的小瓶子。

法官,我的童年,在那个燠热的晚上,在那灯亮的一刹,全部死亡了,那个说不上是幸福的,不真实的童年。

那以后,我每天怀着那个小药瓶子,夜晚,我不敢深睡,唯恐在睡着的时候,被母亲偷回去,我幼稚地以为这就是保全我母亲生命的方法。而现在,事隔那么多年,我忽然明白,我那些日子的努力并没有使我的母亲活下来,她事实上已经死了——在那个燠热的晚上。她生命中所有美好的东西在那天晚上全部亡故了,她变成一个僵直、多疑而又枯萎的老妇。虽然表面上看起来她仍活着,仍然操持家务,并且又生了几个孩子。

渐渐地我知道,那天母亲所以会自杀,完全是父亲逼的。他自己有了姘头,却怀疑我的五妹不是他自己的骨血。

至于那个姘头,法官,并不是别人,她是我的阿姨。

哈,法官,这是多么光荣的家族记录:我的父亲有了姘头,而对象是我的大姨。请问我该为我的父系悲哀呢?还是为我的母系悲哀呢?该哭泣我父系的淫荡呢?还是哭泣我母系的下贱呢?

而他们不被任何人审判——甚至不被他们自己的良心审判。

那以后,法官,我不知道日子是怎么过的,怀着恨毒,怀着自卑,怀着绝望,并且设法用点什么来掩饰它。而我的母亲,她开始把希望放在我身上,她要我"争气"。法官,我不知道别人活着是为什么,但我活着,似乎只为争一口气。让我的母亲光荣,让我们因父亲嫖妓而贫困的家庭,重新有可以骄傲的条件。法官,我活着,就只为此。

如果你去调查我的记录,你会惊奇地发现,我似乎具有那么多种美德。我的导师们总是非常爱我,宠我。每学期的成绩单上我除了有很高的总平均分数,也有高价的评语。

我现在知道,那些老师所以爱我,或许是因为我非常爱他们的缘故,我找不到可以敬爱的对象,我就爱他们,那是我成长岁月中唯一美好的回忆。

我现在明白了,法官,真正幸福的人多半是平庸的人,而那些出类拔萃的,那些积心处虑要高人一等的人却多半有其不幸。因为,幸福的人满足于生活的本身,而不幸的人却总需要一些可以攀附的金钱、地位、学问或是美名。

你是不是这样的人呢?法官,你们这些坐在审判台上,判断别人是非的人,是否也因为在心灵方面有某些缺憾呢?

法官,我是的,正因为我不幸,我总是装得很幸福;正因为我复杂,我总是装得很单纯；正因为我污秽，我总是装得很圣洁。法官，伪装是很痛苦的，我庆幸我今天什么也不必隐瞒了，我即将死，我何必守着"为亲则讳，为尊则讳"的原则。人如果沦为乞丐，就不必担心衣冠不整；人如果只是脚夫，就不必念着餐桌礼貌；人如果成为囚犯，就不需维持被羡慕的身世。

让我说下去，法官，我中学毕业，并且考取了大学。那当然是一件好事，我的母亲很得意了一阵子，只可惜着我不曾考取公立学校。我读的是经济，我原以为那是很热门的一系，但念了一年，我才知道除了理论，这一系并不给我们任何赚钱的本事。

我没钱了，法官，我的父亲从来就不赞成我念大学，他不给我钱，我的母亲给了我一些。但一年完了，我再也没有学费了。我像乞丐一样地去求我父亲的钱，但他不给我，他宁可给娼妓。也许那些日子我向他求的并不是钱，而是一点点的施舍性的父爱，但我没有得到。啊，法官，我宁可我的父亲是一个窃贼，我宁可我的父亲是一个流氓，我宁可我的父亲是一个毒枭，但只要他爱我，只要他给我在回忆中有一点可资骄傲的财产，我就满足了。

但我没有这样幸运，他不是窃贼，他不是流氓，他不是毒枭（他甚至还有些好名声呢），他是一个绝情者。

法官，他是一个绝情者，我每想到这里就浑身发抖。法官，试问我活着的意义是什么，我不过是在某一个晚上（把我的生日往前推二百八十天，差不多就是那个晚上），我的父亲发泄过一场抽疯般的情欲后的产品。如果，那天他不是找到我的母亲，而是某一个小娼妓，那么，世界上就没有我，那么，就有了另外一个，另一个哭泣的灵魂。

而法官啊，让我简单地说吧，我的大学生活就那样结束了。我成了一名银行的职员，这并没有什么不好。高薪、华服，被钞票的捆子重重围住，那委实不是一种乐趣。我有时想念那绿树堆烟的校园,想念黄昏时那些凉凉的石级,但无论如何,那只是一个模糊的梦了。

我高兴我能离家,银行距我家有五小时的路程。但痛苦仍没有减少,午夜醒来,我就想到我的母亲,想到父亲讲过要杀死她的恫言,我总是听到狗在嗥叫,我记得古老的迷信说狗的哭声是死亡的预报,那时候我就痛哭起来。法官,我开始明白,所谓幸福,并不由努力而获得,你可以努力做一个负责而正直的人,但不能因此从你的不幸中超脱出来。

当我开始认识王彦俊的时候,我就惊讶于他和悦近人的美德,当他望着我的时候,我就强烈地感到,我们应该彼此相属。他决不是那种奇拔出众的人物,他是平凡的,但当你漂浮在急流中的时候,你怎样想呢?你会去抓一块木板,而不是那些青翠欲滴的美丽水草。

我不知道别的女孩子是否梦想过白马王子,我没有,我失去梦已经很久了。我只想一个平凡而爱我的人,我只想贷一间低矮的房子,有一张大木床以及一个小小的书桌。

当我和王彦俊谈到婚嫁的时候,我已经二十四岁,我想不通我的母亲为什么那样反对。

"你应该嫁有钱的,"她说,"或者是有出路的,王彦俊一样也不是。"

事实上,法官,生活早就把我磨得很现实了,我的母亲还以为我是一个痴情的十六岁女孩呢!

我爱王彦俊,或者就在于他什么都没有吧!有些女孩子从男人的财富中得到安全感。而我,却从男人的贫乏中得到。

当我的母亲明白阻止无效的时候,她便要求我延期。

"再过三年,"她写信给我,"家里需要钱。"

"我继续给你钱!"我说。

"你这算什么，"她的信忽然尖酸起来，"我培养你花了多少心血，多少钱，今天竟落了一场空，你看，隔壁蔡家的大女儿，二十九岁才敢结婚，前面李家的三小姐，每个月要寄一百美金回家。你跟你爹是一种东西，算我看走了眼！"

法官，我那时候才明白，她从来没有爱我，她所求于我的只是"争气"，她只爱我给她带来的光荣，她不爱我。正像我对"物理"、对"化学"的感情，我投资了，我赚回来，作为自己痛苦的一种补偿——但我从来没有爱过"物理""化学"。

发现了这一点，法官，我几乎完全崩溃。我想起那些年，我曾怎样的努力。我的营养不良，却拼命要比别人多读些书，多做些事，我刻苦到虐待自己的地步而供应弟妹，我身心交瘁，像一株枯萎无附的藤萝。但如今我明白那些爱，那些牺牲，全是浪费的。那些惊心的，不眠的夜是一种傻气的付出。

法官，失去母亲是比失去父亲更为可悲，也更为可怖的。也许那是因为人们爱母亲的感情比父亲要多些，要原始些，要温柔些。所有的婴儿会自然地爱他们的母亲，而后才"学"会爱他们的父亲。失去母亲是一种比死亡更可怕的经验。但，等你真正遇到这一天，你就会忽然变成了具有韧性的橡皮人了。法官，你就不再有血，不再有肉，不再有泪。那时候一切其他的打击，都不再成为打击，你会在忽然之间完全麻木。

我结了婚，并且继续付钱给我的母亲，我只寄上汇票，而不寄上爱了。我像一个买了一栋破漏淹水的房子的顾客，很后悔，却不得不分期付款。

而我的婚姻，老实说，并不幸福。我结婚的当天就失去了银行职员的饭碗，我们没有钱，我们甚至也租不起一间小屋。我们搬去和彦俊的父母同住。

他有一个和乐的家，他们都是很好的人。但那时候我突然了解自己做错了事。我不该和彦俊结婚的，他和我竟有着这样可怕的距离。事实上，元帅和士兵的距离并不远，他们同样地被一些力量辖制。财主和乞丐的距离也不远，他们同样不感到满足。但幸福的人和不幸的人却有着何等可怕的距离，前者永远听不懂后者所说的，他充其量只能怜悯，而不能了解。

法官，好人是很可怕的，以往我只知道罪人的可怕，但这时候我才知道好人的可怕，好人是另外一种民族，他们以他们的好来凌越人，藐视人。当他们拍着胸脯说："我做事是凭良心的"，你就感到"好"原来只是他们的武器，用以压迫一切与他们不同的族类。法官，跟好人相处是可怕的。

我从来不曾这样的孤独，这样颓唐。原来人类所有的关系都是沙，都是可以拆散的。不管是血亲，不管是姻亲，不管是血亲的姻亲，不管是姻亲的血亲。

每一件事好像都错了，法官，自从我十三岁那年的一个晚上，一切都错了。都错了，都错了，都错了。

而有一天，我发现我有了孩子！法官，我有了一个孩子！那时候我多么快乐！我整个迷乱了！整个瘫痪了！我差不多不能相信我会有这样的幸福。法官，当你发现自己已经是母亲，那是多么荣耀的加冕。

我要一个男孩，法官，我相信如果我用我全部的意志去祈祷，我就会得到，我并不要他传宗接代，但我喜欢他是一个男孩。每一个母亲似乎都被赋予一种权利，以她的婴儿作为新世界的开始和展望。不管摇篮之外的世界是怎样混乱，我们总觉得等我们的孩子长大了，一切就要改观。而男孩是真正合适去从事一些事业的，我要男孩。

我的公公交给我一个红纸封：

"里面是孩子的名字，"他说，"现在不要看，等生了才准看，我取了两个，一个给男孩，一个给女孩。"

"我不会看的，"我说，"我已经给他取好了名字，他叫王晶——他是我的太阳。"

他们凭什么要来干涉我的儿子，他们有他们的世界，而我，什么都没有。走过二十七年的艰辛，我只有伤痕。而今，当我要有一个儿子，他们竟要来命名，他们何其残忍。

我的母亲也写信来了。

"孩子的名字必须简单响亮，"她说，"将来如果竞选会占便宜的。"

谁说我的孩子要竞选呢？他是我的太阳，他只去默默地照亮别人，他决不会去管辖别人。

当他在我腹中踢打，我就快乐得不能自已。我好像觉得我不单要生一个孩子，我也要生一个全新的自己。法官，我将有一条新的路，一位新的伴侣。我将有一个人可以让我把积压的爱倾完，我将可以享受一种初生嫩芽般的纯美爱情。

终于，他出来了，我的晶儿。他是一个男孩，我老早就晓得他是一个男孩。

他是多么迷人，法官，当他吸我吮我的时候，我多么愿意把每一滴血都变成乳汁来给他，每次当他绽开那无邪的笑容，我就紧紧抱住他——我怕他飞走，我怕他并不是一个婴儿，而是一个小小的仙子，他美得近乎不真实。

我爱他！法官，我爱他！我的小晶晶！我的太阳。

我现在仍然能记得那些夏日的黄昏，我抱他坐在阳台上，望着落日沉向西天的断霞，我们彼此说着那些秘密的话语，我将他的头靠在我的胸前，让热泪涌向暮色。幸福原来只这样简单，只需要爱人，只需要被爱，可是，它竟是那样困难，在我们的世界里。

法官，你曾有过孩子吗？你曾爱过孩子吗？你曾有俯下身来吻一个孩子的经验吗？你曾在深夜时凝视那种蜜桃般的覆着细小茸毛的脸吗？法官，法官，如果你没有，叫我怎样向你表达呢？

法官，假若全世界的人口是三十三亿，就让他是三十三亿吧！法官，我只要这一个人。我不带他去看我的父母，我不让我的公婆抱他，因为他是我的。他不可以沾染那些坏，他也不需要沾染那些好，他是没有凿开的璞玉，他是没有修剪的山松，我深深深深地爱着他。

可是，法官，有那样一个晚上，一个郁闷的晚上，我抱他坐在无风的走廊里，那种苦热差不多让人窒息了，法官，我宁愿死在千年不化的冰山上，但我怕那要把人压扁的热。

其他的人都睡了，而我和我的儿子在走廊上。

渐渐地，我们也睡着了，在彼此的怀抱中。

那是七月十一日的凌晨，法官，我永远不会忘记，那时候我忽然醒了，一声很可怕的巨雷滚落在我们的廊前，四处一片漆黑，法官，一片太古时代的漆黑。

而忽然，有一道强光刺眼地劈下来，那光像发亮的斧头，砍向我模糊的梦。

那一刹间，法官，我说不出那是多么短促的一刹，我看见小晶晶的脸，但在那一刹，法官，在恐怖的电光中我看到的竟是我父亲的脸，我母亲的脸，并且交叠着我公婆的脸和我丈夫的脸。就在那一刹，法官，我扼住他，把他弄死了。法官，我不用告诉你我的悲哀，因为那是神圣的，像希腊神话中的晨曦女神，在每个夜里哭出一千个森林的露水，来悼念她的爱子。

法官，如果我有罪，那是弑父弑母的罪，那不是杀婴的罪。那一天，在电光中，在雷雨中，我昏倒在小晶晶旁边。一切都是那样混沌，我似乎觉得我仍是十三岁，睡在一间燠热的不断有吵架声传来的屋子里。

我但愿我永远不再醒过来，但我还是醒过来了——小晶晶消失了，正如我一向所恐惧的，但我从来不曾想到他是这样消失的。

如果我早想到他的血里有他外公的血和外婆的血，悲剧也许就可以避免。但我固执地不去想那一点，我觉得他是我所有的爱所凝成的一个蓓蕾，他是古往今来独立的一个灵魂，他不继承任何人。他是截然不同的一种意义。

现在我才明白，我是在欺骗自己，日光之下并没有新事，每一个孩子都无可选择地要继承他祖先的东西，那些不干净的血将永远流下去，人类并没有自救之途。

但如果让一切从头开始，我仍会选择欺骗，我仍然要让自己相信我的小晶晶是太阳，是全人类的希望。

他们埋葬了小晶晶，法官，而我，曾在他生命的原始时代和他相系相连的，却在看守所里，我多么想去亲手掘一个深深的小穴，覆以柔软的细沙，我想告诉他们只有那床白羊毛的褥子才配他，只有那件黄色天鹅绒的长袍才适合他，但他们不来听我的。我不知道他们有没有把那个粉蓝色的玩具熊给他放下去，你知道吗？法官，没有那只玩具熊他是睡不沉的。

法官，我说了这样多，我并不希望因此活下去，生命并没有什么可留恋的，我已疲倦，倦于受这样多的苦。我说这些，只要你知道，我爱我的小晶晶，和他相比，我等于没有爱过任何人。

他死了，我何必活在这颗刺果一般的地球上？

法官，你将怎样审判我，我是说，丢开你的六法全书，你将怎样审判我。如果你只是我的一个街坊，如果你只是一个看着我长大的老师，法官啊！

听完我的故事你将对我如何？你将嗤我以鼻呢？或是报以一声长长的叹息？

而事实上，法官，我二十七年的生命不就是一声叹息吗？

法官，我知道法律有其尊严，我知道原则必须遵守，我知道身为一个五千年文化传统下的法官并没有自主的判断权，我不会怨怪你——我不怨怪任何人，我渴望死。

但是，当你写完了判决书，当你回到家里，你会不会对你的妻子说："啊！我们处死了一个妇人，一个可怜的无辜的妇人。"

如果你这样说了，我就会得到安慰。

如果你向另一个检察官说：

"她是一个勇敢的女人，如果我们是她，我们会比她更不如。"

法官，我就要落下感激的泪。

法官，你看，人就是这样的，连生死都不顾的时候，却还想着荣誉，还想着被了解。法官，人究竟是什么呢？

法官，那天，有一个女人到看守所来布道，她看见我，便说："姐妹，你信上帝吗？"

"我比谁都信。"我说。

"你知道你有罪吗？"

"我当然知道。"我背过脸去，"一个人可能纯洁到不晓得自己有罪的地步吗？"

"你肯接受基督吗？"

"这不是肯不肯的问题，"我生气了，"人总得想一个法子，人总得往一条路上走，我们自己如果不行就得接受。这不是肯不肯的问题——你肯不肯呼吸呢？你非得呼吸不可——这不是肯不肯的问题。"

那女人惊讶地望着我,她的眼皮眨了又眨,弄不清我的意思是赞成或是反对。

她又说了好些话,但我只记得她临走时说的一句:"我为你祷告。"

那一天,法官,我哭了。法官,那女人是一个又瘦又干的小老太婆,但我爱她,她有一张受过苦的脸——在全世界里最使我感动的就是那些受过苦的脸,没有什么脸比那种脸更为美丽。而那天,当她说"我为你祷告"的时候,她既不是鄙视也不是怜悯的情感让我激动。

法官,你愿意说"我为你祷告"吗?为什么立法者总是想借一套绳索来定人的罪呢?为什么没有人肯合上双掌去祷告呢?人间所有的建筑没有比审判台更可厌的,它使人类分为不同的等级——也没有比祈祷室更可贵的,它使所有的人成为弟兄。

法官,其实扼杀自己骨肉的何止是我呢?全人类不都在做这件事吗?人们建立了文化,然后再摧毁。人类创造了价值,然后再推翻——只因他们躲不掉某些梦魇。

试问,谁去定他们的罪呢?谁该审判他们呢?

法官,我的话已经完了,这是我最后一次为自己申述。作为一个审判者,你也许很少听到真话,但我把全部的我解剖在你面前——我,一个不比你们好也不比你们坏的女人。

我感到疲倦,法官,我感到一种从挣扎的噩梦中醒来后的那种疲软。你们的法律是来不及制裁我了,我听见小晶晶甜甜的呢喃从大厅那边传过来,我会去找到他的,他此刻一定在某条银河旁坐着,凡是靠他近的星星,他就抓来放在嘴里呃一呃。并且眯起他的黑眼睛在那里笑呢!

他此刻是他自己,是小晶晶,身上不流任何人的血液。他是我的太阳——现在仍是。

而法官，我的黑袍的审判者，不要叱责，不要教训，不要忙于寻找哪一条刑法适合于我，请对我说一句最美丽的话。

——我为你祷告——

你肯不肯呢？法官。请代表你所生活的善良世界回答我，法官，你肯不肯呢？

嗯，很甜

她终于看清楚那孩子的发色了，是黄褐色的。

她缓缓地抽了一口气，用一种说不出是厌恶还是气恼的眼光望着他。"这不是一点都不稀奇吗？"她以一种嘲讽的冷笑对自己解释，他爸爸不正是这种头发吗？

而那孩子一点没觉察到她的眼色，依然快乐地挥动着他的小手小脚。

真的，正像他，一年前，在阳明山的山径上所遇见的，不正是这样一张脸吗？不正是这样一双手吗？

那一天，黄昏的余光烘着他的脸，那张憨笑着的，从车窗中探出来的孩子似的脸。

"哈啰，中国小姐，"他的腔调可笑极了，还有，那一脸雀斑也很可笑，"来上车好吗？"

她不知所措地拉了一下草帽，而那只伸在车外的大长手终于使她忍不住地笑了起来。她实在想不通，长着这样一双大长手的男人，得怎样屈尊，才能钻进这样一辆小车子。

"居然还要叫我一起坐呢！"她暗自好笑，"大概刚好可以撑炸吧！"

"你笑什么,中国小姐。"

她又拉了一下草帽,故意整了整帽袢儿,正色说:

"不是的,你的中文有一点错误。你不能说'中国小姐',中国小姐是 Miss China 的意思。"

"哦?"他挤了一个不太讨厌的眼,"你是跟 Miss China 一样漂亮!"

"不,"她站得笔直像是一个女教师,"你应说中国女孩子。不,你最好说某小姐,譬如说王小姐。"

"是的,王小姐,你应该坐车的。"

"我不是王小姐,我只是举例,我是——"她迟疑了一下,"我是赵小姐。"

"是的,叫小姐。"

"不是叫,是赵。"

"叫。"

"赵!"

他可怜兮兮地把嘴张开,不敢再尝试,那头褐发、那脸雀斑以及那只不知所措的大手,使他看起来像个做了错事的孩子。

"到这里来教我,好吗?"

车门已经打开了,她跨进去,一脸冷傲的样子。自己也奇怪自己怎么会那么自然。

一坐下来,她又开始后悔了,她的个子在中国女孩中算是高的,不过也还没有到达碰车顶的程度。只是她忽然觉得车身那么狭窄矮小,简直好像家里的三层床一样——躺下来的时候老觉得上层的床板在降低,一直要低到自己的鼻头上来了。

这世界为什么这样狭窄呢?怎么我走到各处碰见的都是狭窄呢?

想起早晨从那狭窄的小窗户望出去，街道上已经熙熙攘攘地闹成一团了。穿着睡衣的女人满街走着，一手提了捆油条，另一手端着搪瓷剥落的漱口杯，装的大概是豆浆吧。堆满鱼鲜的车子摇摇晃晃地沿路滴着污腥的血水。打着哈欠的店员把门板一块块地卸下来。卖冰水的小贩推着两缸毒药一样的液体艰难地走过来，一不小心碰到路边的三轮车，于是爆发一声高昂的咒骂，在这条街上，这几乎是唯一一句骂人的话了。奇怪的是那么高的声音竟也没有引起谁的注意，甚至连那推着两缸"毒药"的人也不加注意，只低低咕哝两句就走了。小孩子满街乱窜，有的在啃着癞皮的番石榴，有的在舐着直往肚子上滴水的冰棒，有的坐在地上，哭得声嘶力竭，有的呆站在路上发愣，鼻涕一直流到嘴唇上，口水则挂在脖子上。

就是这样的，那些男孩子们不久就会变成龇着黄板牙，穿着大木屐的男人，打着赤膊在大街上晃荡，见了女子就拗嗓子唱两句"妹妹我爱你"。而那些小女孩转眼也就会变成挺着肚子的女人，成天穿着睡衣串门子。然后，慢慢地，他们都要变成嚼槟榔的老头子和老太婆，把那令人作呕的红渣子吐得满地。

是的，就是这样的。可恨的是我为什么属于这条街呢？如果我一定要属于这条街，为什么我又无法安于命运呢？像郭美枝那样，生在这里，长在这里，又嫁在这里。成天把两个半孩子从婆家带到娘家，又从娘家带到婆家。每次看见她，不是蹲在摊子上吃烂糟糟的"碗糕"，就是在吃黑漆漆的仙草冰，要不然就是一团糨糊似的肉羹。奇怪她老是不胖，并且瘦得两条腿像木柴棍似的——只是偏偏又爱穿短裙子，那真是可笑的，不，应该说可怕，不，不，应该说可怜。

其实她也并不可怜，每次见到朋友她总笑嘻嘻地说："来我家坐呀！我们那里好热闹哟！"

但是我不行,我从来就不敢叫人来我家的——除了陈文正,那是没有办法的,他算是邻居,从小就混熟了的,禁不得他。哦,如果我有一个家,像外国杂志上的,那该多好啊!唔,不,就像李美湄的家也很好了。有着小小的、铺着朝鲜草的院落,镶着精致壁灯和拼花地板的客厅,以及灯光幽柔的小卧室。如果我有那样一个家,我又何尝不懂得好客呢?那样的话,就没有一个同学会说我孤僻了。他们都会欢喜我,像欢喜李美湄一样。

"但是,这是不可能的。"她喃喃地说,陷在一种绝望的窒息里——虽然车窗大开,傍晚的风吹得正凉。

"什么?你说什么?叫小姐。"他陡然刹住车子。

她才忽然警觉自己身在何处。是的,我在山上——在我所逃来的山上,但是我为什么又得回去呢?回家是痛苦的,尤其车站里排着那样惊人的长龙。本来想尝试一下徒步回家去的滋味,却偏偏碰上这样一辆车。

"有什么事?"他又问了一遍。

"唔,"她把越坐越向下滑的身子挺直了,"我很不舒服,我的耳朵在叫。"

"哦,没关系,下山的时候总是这样的。我还以为你要教我讲中国话呢!"

"不,我不想教了,你开车吧。"她懒懒地说。

车子重新滑行,从窗子里望出去,台北像一盘棋,摆在基隆河的两岸,只是摆得太乱、太碍眼。

"我叫乔治,乔治·穆尔,我是少尉,"他指着自己的军服说,"我是伊利诺州人。"

"唔。"

"叫小姐,你的名字叫什么?"

"莉笛亚，"她说，她也不知道自己为什么只肯说这个英文名字。

"噢！Wonderful！莉笛亚。"

是的，她不能告诉他那个俗气的名字，那个她从念初中就开始憎恨的名字——满娇。

车子已到芝山岩，接下去马上就是灯光繁华的市区了，那种窒息的感觉越来越厉害。就要回家了，人为什么不能住在山上呢？为什么不能铺蕨草为床呢？为什么一定要躺在那潮湿的、阴暗的、隔壁的人一咳嗽就震得三夹板墙壁发颤的小楼里呢？

"我发誓要离开那里，我发誓。"她咬着自己的牙齿。

"我念过两年大学，回国以后我要读完它。"他把车子开得很慢，"我和弟弟有一个农场，哈，我们养着好多兔子，喂，我以后要送你一只。"

"唔。"她漫应着，"啊，人要是兔子就好了。最好做一只灰色的野兔，隐在山林深处，一跳一蹦地找东西吃，累了就躲在大树洞里睡觉。"

忽然，从反光镜里她瞥见自己的笑容。有什么可笑的？她愤然自问，你怎么还笑呢？你又不是真的做了兔子。

可是那笑容实在很可爱，她自己也这样觉得。她刚晒过太阳的脸有一种温暖的红色，把乌黑的头发衬得更黑更亮了。她还有一对适于微笑的酒涡，巧巧地点缀着薄薄的小嘴。

"你的家在哪里呢？"

"哦，你就在这里停车吧，我想走回去。"

"我再送你好吗？"

"不，我不喜欢，我要走路。"

"那么，这是我的地址和电话，"他用英文说，"你能给我你的吗？"

"嗯，好吧，"她顺手写了地址，过了好一会才递过去，"不过，你还是别来找我,good-bye。"

她说完就走了,对于他柔声的晚安一点都没有注意。她一直走,走得非常累。渐渐地,她又听见耋然的木屐声,收音机里的哭腔哭调,以及卖爱玉冰的胖子在大叫着:"喂,凉啊!"

又到家了,一街全是人。两侧的房子拥挤着,好像公共汽车上一个挨一个的乘客,而那些扑鼻而来的汗臭和脂粉气味尤其和公共汽车中的相仿。

"满娇!"

她站住了,文正就是这种人,你永远料想不到他什么时候会出现。但你可以确定,他是永远不敢明目张胆地跟你拉一下手的。

"你去哪里了呢? 我找了你一天。"那带着鼻音的声调从小巷子里钻了出来,"你一个人去的吗? 怎么倦成这副样子。"

"是啊,我一个人去的,我不出去就闷死了。山上很好,我真不想回来了。尤其游客那么多,你真不知道要等哪辈子才回得来呢,我一气就走回来了。"

"走回来? 天,你说你走回来了?"

"唔,"她的脸红了一下,"路上碰到一个外国人,搭他的便车回来了。"

"你,"他的脸上忽然蒙上一层霜,"你不怕吗?"

"不怕,我为什么要怕?"

"好吧,我们不谈这个,"他的口气又和缓下来,"我有一件事要找你谈。"

"唔,"她继续向前走着,不怎么理会他。陈文正是个好人,可是,他不会说出什么惊人之语来的。

"真的,满娇,很重要的事,"他顿了一下,神情有点紧张,"你知道我马上就要去受训了,这一年能回来的时候也不会太多。"

"唔,"她毫无意绪地玩着草帽,心里想,"是的,你所能说出的重要话就是这些吧?"

"祖母昨天问我,你是不是还有两年就要毕业了。我告诉她不是的,专科学校只要念三年,所以你明年就毕业了。她听了好高兴,要我们明年暑假就结婚。"

她忽然站住了,一句话也不说。

"嗯,她说,她的意思是说,我们最好,嗯,最好这两天就订婚,满娇,你懂我的意思吗?就是这两天……"

"我懂了。"她木然地说。

"祖母说,订了婚她就好去准备了。她打算把楼上几间房打通,重新修整隔间,作为我们的新房,祖母真好。"

"什么?"她终于惊骇了,"陈文正,你说,我们还要住在这个地方吗?"

她的声音未免太大了一些,不但陈文正愣住了,好几个路人都回望了他们一眼。其实最使陈文正难堪的却是她从没有这样绝情地叫过他,这样连名带姓的叫法。

"你瞪着我看什么?"她凶狠地望着他,"如果我死了便罢了,如果我活着一天,我所有的努力就是要离开这个鬼地方。好了,你不要对我说,我知道你在想什么。你会说,何必呢?这里不是挺好吗?邻里又熟,地方又热闹,搬到新地方去,既生疏又不方便,一出门便得穿戴整齐,并且还得把辛苦赚来的钱拿去缴房租,是吗?"

陈文正站着,他的嘴半开,似乎想分辩什么,但是她没有给他这种机会。

"你不了解我,你走吧!可惜郭美枝结婚了,她才正配你呢!好吧,让我想想,还有李文玉呢!她有点蠢胖,不过,也没关系,你祖母会说她福相的。"

"满娇,你,你是知道我的。"

"可是,你并不知道我,你将来也不会知道的。"她说着,猛力向前冲去,陈文正没有来得及抓她——他永远再没有抓住她了。

第二天是周末,一辆小甲虫似的车子,钻过密不通风的人群,停在一幢破烂不堪的房屋前面。没有人知道他要找的"莉笛亚·叫"是谁,但"莉笛亚"却自己出来了,并且随他去了。正如她给一个女伴的信中说的:"我喜不喜欢乔治,我不知道,反正他喜欢我就行了。而且我也喜欢他所要带我去的海滨、原野和深山。"

街上的女人不再谈林黛的自杀,也不再谈凌波的整容。现在最时髦的题目是"不要脸的赵满娇"。但那些嫉妒的眼光却加速了她的决心。

一年以后,也许是因为喜欢他所要带她去的那幢有着花园、喷泉、拼花地板和古典装潢的小屋子,她终于戴上他所呈献的结婚钻戒,那个光华耀目的,戴上去却有点箍人的环子。

再也听不见那样吵人的市声,再也不用看那些令人发狂的景象。离开了生长二十一年的地方,她一点不觉得留恋,反而觉得像摆脱了什么丑名似的快乐。

可是,当乔治把门窗紧闭,只靠冷气机来调节空气的时候,她又会感受到那种熟悉的室闷。

"我的小女巫,"乔治总是这样称她,"你迷人的本事很惊人呢!你是多么东方啊!"

她常常忍不住要怀疑,他是不是爱我呢?还是在爱我的世界?正如我在爱他的世界一样。或者我连爱他的世界也说不上吧?因为我从来所想的，只是逃避自己的世界罢了。

不管它吧！我是付出我的一切才换取到这样的现状的，我必须满意。

偶然回娘家走动，她总是把自己打扮得华丽而高贵。并且笑着，大把地分送着礼物，骄傲地点收着街坊们钦服的目光——这就是她最快乐的辰光了。有时候李文玉也过来看她，想不到她果真和陈文正结了婚。那个好心眼的女人，每次她总诚心诚意地说："满娇，你真好命。"

还有什么能比这个更得意？我在他们之上，而他们在我之下，他们全都羡慕我。尽管他们唾弃过我，但现在他们接受我礼物的时候，那种卑微和谄笑的表情不就补偿了一切吗？

可是，我真的那么值得羡慕吗？

"我的小女巫，"那天，他刚回来就大嚷起来，"我要给你一样可爱的礼物。"

她正躺在草坪上看一本小说，用一种悠闲的神情望着他气喘吁吁地跑过来。

"你知道是什么吗？"

"瞧你那副样子，大概是摘到天上的星星了吧？"

"嗯，差不多。"

他把手从背后神秘地伸出来，她才失望地发现不过是用劣等彩纸糊的小风车罢了。

"你看。"他快乐地顺风一推，彩纸就转了起来。

"还有呢！"他继续把它凑在嘴上，吹出一个刺耳的单音。

"多么便宜，只要十块钱一个。而且，它又是这么东方。怎么，我的小女巫，你不喜欢吗？"

"我不喜欢！"她用英文大声地说，"你这蠢牛，这种东西十块钱我能给你买二十个来!"

忽然,她的眼泪忍不住地流了出来。我是不是也像这样一个风车呢?他向他的朋友说起我的时候,是不是也像是在形容这个廉价的风车呢?我和风车是不是都同样地列在他的东方梦里,当作一份饰物呢?

"对不起,真的,太抱歉了。我本来是要买红玫瑰的,"他温柔地解释着,"可是那小贩一直要我买这个,他说,你太太一定会喜欢的!"

十分钟以后,他又捧着一束半开的红玫瑰回来了。她开头就装作是为礼物而伤心的,现在又只好装作为另一件礼物而高兴了。

又有一次,张妈买了几朵白兰花回来。她觉得好玩,便要了两朵往头上插,只是总插不上去。不得已只好叫张妈来,把头发梳了个髻,才算插上去。

那天几乎把乔治乐疯了,他不住地香那朵花,并且趁势吻着她白腻的颈子。

"你真是美丽,我的小女巫。"他忘形地说,"那么黑的头发,那么可爱的发型,那么香的花。你真是非常的东方。"

"不要吵,"她忍耐地说,"你要把我的孩子弄死了。"

他果真安静下来了,但是一提起孩子,他又兴起另一种兴奋。为什么他总是那么年轻呢?她恨恨地想,如果有一天我老了,他一定还是这么年轻的。

那个被期待猜测了许久的孩子终于来了。是一个健康的男孩,她曾经暗暗期望一个女孩的,只是男孩也罢,而且她很高兴看到他并没有一双蓝眼睛。只是头发,因为太稀少,她不能断定是不是黑色。而现在,隔了半个月,她终于看清楚了——她生了一个褐发的孩子,完全和他父亲一样的头发,甚至连眉毛也是那个颜色。

"我怎么会生这样一个孩子呢?"她伤心地哭着,又想起乔治刚才的话来。

"我的小乔治真漂亮,"他说,"喂,莉笛亚,我的小女巫,你可以把褐色的眼睛变成蓝的吗?"

"我不能。"她冷冷地说,"如果我能我也不会为他变的,我喜欢这样褐色的眼睛,否则他便不属于我了,这样不是很东方吗?"

但他一点没有觉察到她的不悦,仍然在逗着小乔治玩儿。

"我的小乔治最美丽,"他接着说,"等明年爸爸带你回伊利诺州去,爸爸捉小兔兔给你玩,好吗?"

过了许久,当他放下小乔治的时候,才发现她阴沉的脸色。

"莉笛亚,我的小女巫,小妈咪,你笑笑好吗? 怎么? 我是不是得罪你了?"

她没有说话,乔治绕着她转了几圈,终于逗不起她的笑容,便惶恐地溜走了。

整个屋子于是陷在窒人的寂静里,而偏偏在这时候,她看清楚了那头发的颜色。忽然,她觉得自己是那样孤单。

他去哪里了呢? 她越过摇篮看他们的结婚照,他是一个怎样的男人呢? 一个比小乔治大一些的孩子罢了。而小乔治又是什么呢? 一个顶着西方头发,却长着东方眼睛的小男孩。还有,这屋子是什么呢? 那张八仙桌怎么刚好放在冷气机下头呢? 那院子是什么呢? 那小甲虫似的车子是什么呢?

啊,小乔治,真的,你到底是什么呢? 你的小摇篮不是太狭窄吗? 你会长大,可是你仍然要生活在狭窄里面,生活在不断的失望里面,最后,你将躺在狭窄的长方形木盒子里面。那么,可怜的小乔治,你究竟是什么呢?

"莉笛亚,亲爱的。"

她抬起头来,接触到乔治求恕的目光。

"原谅我,我真的很笨,我一直想不起来我怎样得罪你的。可是,我终于想起来了——对不起,我不该一回来就和小乔治玩的,我真是一个坏丈夫,我竟然忘了先吻你。"

"这是我刚买的巧克力糖,"他接着说,"你喜欢吗?你肯原谅我吗?"

她抬起头来,望着那善良的、单纯的、愚蠢的乔治,忽然想起两年前骂陈文正的话:

"可是,你不知道我,你将来也不会知道的。"

那么,这话用在乔治身上也很恰当了。

谁知道我呢?她怅然自问。落地窗外面,小喷泉正在夕阳中涌着七彩的水珠,依稀幻化成霓虹的薄雾。这是我所梦过的,但这是不是我的梦呢?

她又想起做小孩子的时候,总是兴冲冲地拿着两毛钱溜出家来蹲在路边,用一个薄薄的纸网去捞满盆子的彩球。每次快要捞起来的时候,纸网总是破了。摊贩笑嘻嘻地把纸网收回去,说:"下次再来。"

而命运和人类玩的,难道也是这样一套把戏吗?

或者,连我自己也不知道我是什么吧!这样,为什么我不原谅他呢?

"是的,我原谅你。"她低声说。

"啊!莉笛亚,你真好!"他欢喜地跳过来,一面打开糖盒子,拿起一块巧克力,"吃一块好吗?也许你觉得不甜,因为你自己太甜啊!"

她默默地把糖含在嘴里,她的安静越发刺激着乔治逗她讲话的欲望。

"你喜欢巧克力糖吗?"他红着脸笑着,"我告诉你一个笑话:那年我在日本,送了一盒巧克力糖给一个日本女孩,你猜她后来说什么?她说,那种糖很好玩啊!怎么又甜又苦呢?"

经他一说，她也突然品味到那种淡淡的苦味了。

"你呢？莉笛亚，我的小女巫，你喜欢这糖吗？"

"唔，是的，我喜欢。嗯，很甜。"

忽然，她又抬起头来，过意不去地补充了一个笑容，用比较明朗的声音说道：

"嗯，Wonderful 很甜啊！"

树

他没有叩门就进来了。他一定知道房子里有人,我很清楚地听到他装出三声警戒性的干咳。我和冀芬都还来得及赶快坐好。

"你还没见过我公公吧?"冀芬拉着我一块站起来,"这是林央央,我们是中学同学。"

"李伯伯好。"我恭谨地说,一面偷眼看他是不是很凶。

"请坐,不要客气,就在我们家吃中饭吧!"

他的表情和他的话语似乎不能十分调和,尤其窗外的树影投在室内,他就刚好站在那参差交叉的阴暗里,整个脸显得严厉而无情。

"爸,您真是的,"冀芬忽然笑了出来,"人家本来还打算在这儿吃晚饭的,让您一客气,去掉一顿了。"

我不得不暗暗佩服冀芬,她总是那么善于制造和谐。空气被笑声冲淡了一些,我们又重新坐了下来。

"爸,今天可拿什么招待贵宾呢?"

他侧过头来,用一种快乐而又自豪的眼神望着冀芬。

"没菜吗,切点火腿煮汤呀——就是昨天我学生送来的那只。"

"好哇！我就巴不得这一声呢！"冀芬站起来，"爸，您跟央央谈谈，她是学中文的，我去做饭了。"

"前天我们碰面的时候，"我跟过去小声地说，"你不是正在买火腿吗？为什么留着攒私房呢？你真坏啊！"

她的脸忽然变色了。

"千万别提火腿，"她一面匆匆向外走，一面又强扮了一个笑容，急促地说，"千万千万！"

她一走，我就害怕起来，又不知道刚才说错了什么话，态度就更觉局促了。怎么办呢？我们就彼此僵坐吗？我大概又会说出什么错话的，怎么办呢？

"李伯伯在哪儿教书？"我嗫嚅着，想不出话来，心里犹豫着是不是该说，"在哪儿得意？"

"唔，谈不上，"他很慎重地说，我看不出他究竟是在表示谦逊还是骄傲，"要是照不时髦的话说，就是馆蒙，你懂吧？就是选一本书给小孩子启蒙，有点像早先的私塾。"

"哦！"我忽然想起许久以前冀芬曾和我提过这位老人，那时候她还没有结婚，"李伯伯从前做过中学校长，是吗？"

"好多年前的事啦！"他把手一挥，用淡然的口气回答我。可是我知道，他实在是兴奋的。他的眼睛里忽然有什么东西闪亮了。这一刹那，我好像觉得在阳光里看他，而不是在重叠的树影里。

"其实，那也是鬼打架，"他站起来，他的长袍飘然，使他重新有一种年轻的风采，"要说办教育，洋学堂是不行的——你懂我说洋学堂的意思吧？就是现在这种新式学校。你说，像这样一个班弄上六七十个人，连喘气都嫌闷呢，还谈什么教育？"

他的脚步停了下来，我发现他面对我而站着，似乎要征询我的意见，我不觉有些忸怩起来。

"我本人就是私塾出身的，"他很快地接着说，好像早料到我会无话可对似的，甚至根本就没打算要听我的意见，"我现在还是用这套老办法，错不了的。"

"李伯伯用的是哪一部书呢？"我小心地把握这种不必发表任何思想的机会说了一句话。

"其实用哪部书都一样。天下道理哪有两个呢？读通了一部书，哪一部都通了。"他踌躇了一下，又说，"当然，他们都大了，不好再让他们念《三字经》《百家姓》《千字文》，其实那倒真是好东西。我现在给他们念《论语》。"

"哦，他们有多大了，我是说李伯伯您的高足。"

"小的十一，上五年级。大的十三，已经初一了。我像他们这年岁，十三经里有一半都能背了！"他叹了一口气，忽然有些愤慨起来，"不过也难为这两个孩子。别说他们，哼，就连他们的老师一起算上，也没谁认真研究过《论语》的！"

他的脸色竟变得这样难看，我想不到他说着说着会这般认起真来。我这才猛然注意到他清瘦的两鬓上凸着肥大的青筋。他转过身去面窗而立，嶙峋的枯枝又把阴影投上他的眉际，使他的皱纹看来比实际上还多了一些。我忽然觉得很难过，好像那枯枝的阴影慢慢地伸展过来，开始笼罩着我，压迫着我。

"吃饭了，爸，"冀芬清亮的，带着笑意的声调跟着她轻快的足音一路响过来，"得趁央央不十分饿的时候开饭呢，免得我们损失太多。"

她小小的酒涡笑着，在室内重新荡开愉快的气氛——至少我觉得我已得救了,而那老人却笑得很勉强,好像是为了某种责任才笑一下的。他在我们前面走向饭厅,沉重的步子把地板震得一闪一闪的。

"你婆婆很早就过去了,是吗?"吃完饭我帮冀芬清理厨房的东西。我已经打好主意,不离开冀芬一步——我不喜欢和那老人单独聊天。

"是的,很早,我记得是四十六岁去世的——我也相信她是一个绝顶的好人。我想能给我公公做太太,并且还蒙他念诵不忘的,真是十分了不起了!"

"其实你公公不也是很好的人吗?"

"他的确很好,"她接过我递给她的碗,抹干了,在手里把玩着。过了一会她抬起头来盯着我,"可是,你说,你喜欢他吗?"

我愕了一下,不知该怎么回答,只好撇过头去,搪塞地说,"你呢?冀芬,你们跟他处得怎么样?"

"很不错,其实老人家的脾气和孩子也差不多。把他脾气摸熟了,顺着他来倒也能保持愉快。事实上,诚熙结婚以后反而和他处得比从前好。说来也真是的,为什么只有写给父母看的'儿童心理学',却没有写给子女看的'老人心理学'!"

"等你写吧,你总是想得比人刁些。"

餐具全洗完了,我忽然发现砧板旁边搁着一只火腿。上面有新切的刀痕,想来就是李伯伯学生送的了。吃他老人家的束脩,真有点于心不忍呢!

"挂在哪儿?冀芬。"

"交给我吧!"

我正要递出手,又发现上面还留着包扎时的烫金红纸,便顺手拿了下来。

"前天我们也是在这家火腿店碰面的,你记得吗?"我说,一面玩着那张小红纸。

忽然，我看到在纸头中间，靠近"火"字的右下方有一个圆圆的小洞。

"咦？我敢说，这就是你前天买的那只。"我的声调不觉高了一些，"那小洞我记得很清楚。我还叫那店员替你换一张的，他不肯，说已经包好了。我真的记得很清楚。我看你是良心发现又把私房捐出来了，是吗？"

她的脸色忽然又苍白起来，一面急急地挨着厨房门探头向外看。

"你别吼，你这冒失鬼。"她看来有点生气，"我公公就算去午睡了，耳朵还是听得见的。"

我呆呆地站着，想不通自己究竟惹了什么祸。我也不禁溜眼偷看饭厅外面的那扇门，而且似乎真的听见那种干干的咳嗽声了。

"我还是告诉你吧！"她叹了口气，"再不说出来你不知道又要闯出什么祸了。"

她无精打采地解下围裙，往钉子上一搭，就牵着我走向卧室去了。

"我从前和你谈过他。实在说，我是很佩服他的。"她一面拢着头发，一面掷给我一个软垫，"我第一次来他们家是大二那年，那是四年前了。那时候好年轻，只觉得自己是碰见圣人了。你别笑，你听我说。我当时还立志要为他写一本传记呢！"

"写了几行？"

"没写。"她很干脆地说，"起先是怕认识不清楚，写不真。等结了婚，住在一起，认识清楚了，又不知该怎么写了。"

"你失望了，是吗？"

"不是，不是失望，不知该怎么说。我是学商的，我不懂。央央，你想想，是不是在我们的感受里有一些东西，太深奥、太复杂，以致不能形容了。如果我们勉强凑出一句话来说，又总让听的人会错了意，是不是？"

我点了点头，听她继续说下去。

"我真的很敬仰他，我第一次走进这院子的时候是一个冬天的下午。我记得很清楚，他就躺在树下看书。他穿一件旧的灰布长衫，头晃着，手头的线装书也晃着，像是在品味着什么好吃的东西。说来也很惭愧，我从来没见过什么木刻板的线装书。那天看他捧着一本《礼记》，简直是让我惊骇呢！后来他又慢条斯理地说：'姚小姐，念书是应该念得两颊生香，才算尝到滋味呢。'我就钦佩得目瞪口呆。最后他袖着手送我到门口，我就认定他是属于山水画里的人物。"

"他坐在什么树下？你们院子里哪来的树？"我说，"就是那几根不死不活的枯枝子吗？"

"正是那棵，"她说，"那是我公公的命根子。诚熙和他之间的不睦也是这棵树造下的。那时诚熙读高中，有一天念了一知半解的物理，听说大树容易遭雷击，回家就去砍树根。没砍两刀就给公公看见了，父子俩抢了一阵斧头，公公恼他胆大，打了他一顿。俩人从此就话少了。"

"其实何苦，那棵树我也看不出什么好处来。"

"这也难说，他老人家宝贵得不得了。早晚都去浇水——他从来不浇自来水，为了这棵枯树还特别备了个大缸。专贮雨水，他说那是棵杏树，很名贵的。我可没见过杏，更不知道杏树是个什么样子。上次学园艺的卿云来，我问她，她呆了半天，说：'要是有叶儿，我还认得出来，这样子，可叫我怎么说？'没法子，我们也认它做杏树吧！反正也不损失什么。"

"就算是名贵的杏树吧，"我说，"枯成这样子也只好当柴烧了，还浇个什么水？"

"呀，天，你说这话可要小心！"她严重地伸直身子，"我公公要是听见有人说这棵树是死的，就比咒他本人还严重些呢！"

"怎么？你是说，他真有把握这棵树还会转活过来吗？"

"当然，否则他何必浇水呢？那天上午，他忽然看到在那棵树的根部生了一些嫩叶，就连忙打电话到办公室叫我们回来看。我们一进门，只见他高兴得眼泪直打转，声音也兴奋得走了调。可恨诚熙偏说那只是另外一棵小龙眼树，他不信，诚熙一个快动作把那根杏树拔起来了，一看，龙眼核还连着呢！可怜他没说话，一转身，抖着手就回房间去了。诚熙后悔得不得了。他老人家的胃病又犯了，有一个礼拜没起床。昨天，学生的爸爸来送火腿，才起来的。"

我忽然感到很悲哀，上天为什么不让那棵树活过来呢？为什么不让它抽出杏树的叶子来呢？想象中，那树的影子又伸了过来，阴黑而有重量的。

"你刚才问我是不是对他失望，不，我依然爱他——只是以前，我的爱里含着尊敬。现在，夹杂着同情。"

沉默了好一会，我不想再听下去了，便站起身来。

"你睡吧，"我说，"我上院子里走走去。等李伯伯睡醒午觉，我告辞了就走。"

"你随意吧！"她斜靠在床上，"这两天照料他的病，我真有些倦了。"

我一个人慢慢走到庭院中，几块石头散置着，显得十分古雅。另外还有两株茶花，虽然不是什么名种，却也开得璀璨可爱。正在陶然忘我的时候，忽然门铃响了，我刚把门开成一条缝，一个小身影便倏地钻进来了。

"姚阿姨！"他大叫了一声，几乎把我吓倒。等他看清楚我并不是姚阿姨的时候，声音又一下子全缩进去了。

他是一个很结实的小男孩，虽然不很高，肌肉却已经长得很结实。他的脸很红也很脏。眼睛大大亮亮的，所以转动起来的时候，也就特别明显。不知他的小脑筋正在打什么主意。

"李公公不在家，是吗？"

我这才注意到他稀脏的手里握着一本《论语》，想来他就是李伯伯的学生了。

"在，"我说，发现他的神情有点失望，"在睡午觉。"

"在睡觉？"他一下子又兴奋起来，"病还没好，是吗？"

"不，病好了。"

他很绝望地朝房中走去，一副无精打采的样子。走了一半，他踌躇了一下，又折了回来。

"你是谁呢？"他显然是想在上课以前结识一个临时的朋友。

"我是姚阿姨的同学，姓林，"我说，一面俯视他制服上的学号，"你叫胡子奇，是吗？"

"嗯，"他做出一脸痛苦的表情，同时慢慢地打量我一番，便开始诉起苦来："我哥哥叫胡子钦，我们都是被抓公差来做学生的，林阿姨，你小时候也念《论语》吗？"

"我中学才念的。"

"我们同学都笑我们呢！太气人了。其实本来该我妹妹来的。她那鬼灵精，趁妈妈还没有决定的时候，逼着爸爸给她报名学芭蕾舞。其实她又矮又胖，手脚笨得像老牛。她根本就是想逃避责任的。她要能跳芭蕾舞，我也能了。"

"念念《论语》不是很好吗？"我拍拍他的肩膀，"父母出钱给你补习，你应该好好用功才是啊！"

"见鬼，我爸爸妈妈才不出钱呢！每次都是姚阿姨拿钱来交给我妈妈，我妈妈才送来的。前天姚阿姨还送来一只火腿呢，可惜昨天爸爸又拎着送来了！姚阿姨也真笨，干脆自己提回来，上面写着我爸爸妈妈的名字，不就得了,提来提去真烦人!"

"小孩子不可以乱说话,你怎么知道姚阿姨给你妈妈送钱呢?"

"我怎么不知道?我亲眼看见的。姚阿姨还叫我妈妈小心别给李公公晓得呢!我都知道,我才不小呢!"

我呆立着,慢慢想出来是怎么一回事了。也亏冀芬,暗暗替那老人家雇来这两个学生。啊,人老了就这样悲哀吗?求活心切,本是人人都会有的,但又何至于如此凄惨呢?

那小孩仍在咕哝着。

"姚阿姨很好,每个礼拜都带我们去看电影,要不然,我才不听李公公的呢。"

等我慢慢地走开去,扶在那棵枯树上,我发觉我在同情那位老者了。正如冀芬所说的。

等我回头看的时候,那孩子已经走开了。我便回到房门里去看冀芬。很久很久,我竟找不到一句话说。

"你怎么了,眼睛有点发直。"

"胡子奇来了,"我说,"他把什么都透露了,我实在不该知道这些秘密的。"

她蓦然抬头望我一眼,但她的惊惧一下便消失了,代之而起的是一声幽长的叹息。

"其实,大家都知道,也不过瞒着他一个人罢了。只要他高兴,不就好了吗?"她绞了一会手帕,又说:"你不晓得,每次他拿到钱的时候有多高兴。他总是跑上街去买一大堆东西给我们。每次当他抱着大包小包跨进门的时候,就显得那样神采飞扬。他总记得给我买果汁牛肉干。每次当他坐在一旁微笑着看我嚼的时候(他自己当然是嚼不动的),我就想大哭——可是我总是笑，这个家里如果我不笑就没有人笑了。"

我没说话，气氛太沉重。我把皮包整理一下就准备辞行了。冀芬也无言起立，带我走到书房门口。

"爸，央央要走了。"

他隔着桌子抬起头来，和他对面而坐的胡子奇也扭过头来。

"不留下来吃晚饭吗？"他得意地说，看来教书使他愉快，"顺便也参观一下我的私塾。"

当他慢慢把眼镜取下，他那种明朗的笑脸比他午饭前愤郁的愁容更令我心酸。

"下回再来，再吃李伯伯赏的火腿。"我刚说完就发现胡子奇那小鬼的眼睛在眨着，充满恶意的嘲消，好在没有人看见。

"真的，要参观这私塾一眼就看到底了。你看，就这么一个小卒，要想不教又不能推却他父母的盛意。唉，生成的劳碌命，真没办法！"

"哪里，有空我也要来讨教呢！今天因为有事，只好先走了。李伯伯再见。"

"好走。"他说，一面推了胡子奇一把，"客人要走了，怎么你也不吭一声呢？"

"再见，"他愤愤地说，一面站起来。看见老人并没有阻止的意思，便大模大样地来送我了。

一离开书房门口，他立刻快活起来，一连就扮了五六个不同的鬼脸。

"林阿姨，"他嘻皮笑脸地说，"后天的课我不来了，我哥哥会代我来的。他过年跟我玩十点半，输了。你猜我押的是什么？嘿，代上课一次。他这个礼拜除了自己的两次，还要代我来一次。嘻，他真气疯了。"

我和冀芬相视苦笑，只好装作没听见。

"好好照料李伯伯。"我不知道自己为什么会这样说。

我第二次去看冀芬的时候，已经是初夏了。李伯伯正坐在客厅里，玩赏着一盆盛开的素馨，在欣慰中有几许寞落的神色。

"好香，"我说，"李伯伯自己培植的吗?"

"哪里，我又不是老圃，"他淡淡地笑笑，一面叫冀芬去沏茶，"这东西的确好，兰里头我还是最爱素馨。说来也有许多年不搞这个了，那天偶然提起来，第二天学生的父母便提着送来了。也不知道他们是怎么知道的——准是子奇回去讲了。不，子奇太野，听什么话也记不住的。大概是子钦，他老成些。"

我抬起头，冀芬正捧着茶进来。当她望我的时候，我知道她做了些什么。

"那两个孩子很进步吧? 我看子奇很聪明的。"

他把放在花盆上的手缩了回来，托腮而坐。

"上个月他们搬家了，可惜。"他叹了口气，"尤其子钦，我看他是很有希望的。"

他说得很平泛，可是我知道他的悲伤。在他枯黯的眼神中流露着失落的悲哀。

"这样也好，老伯可以落得清静些。人总会散的，师生也不能老在一起。"我努力地笑着，"他们学的虽不多，也够他们终身受用了。"

"当然，"他眼中隐隐闪过一些光辉，"半部《论语》就可以治得天下呢!"

他说完便拍拍衣裳站起来，告诉冀芬，他要去买些东西加菜。我们都没有阻止他，他能有兴头，总是好的。

他走了好久我才怀疑地问冀芬：

"学生真的搬家了吗? 还是推托之辞呢?"

"当然是推托,他们学校课业太紧,也难为他们跑了这大半年。要不是胡太太在中间劝着,那两个孩子是早想逃了的。"

"有新的学生吗?"

"很难找,在学的太忙,毕业的又不想念书。况且大家日程都排得紧紧的,谁高兴一礼拜花两个下午来上课,又是听一个老头子讲四书。而且诚熙也不合作,他偏说老人不宜讲课。唉,他们男人完全不懂。他不知道他父亲只有在重理旧业的时候,才会有快乐。譬如教书、养兰什么的。如果有人来求墨宝,他就兴奋得要唠叨上好几天。他就是那种人,偏偏他儿子不能了解他。"

晨光又把树影射进来了,它罩在微曳的素馨上,以及老人坐过的藤椅上。

我们听到一声三轮车刹车的声音,接着老人就进来了。他手上只提了一尾鱼,看见冀芬,就赶快递给她,好像不胜其重似的。他的神态很特别,脸上堆着出奇的疲惫,他的步履踉跄,身子摇晃得很可怕。

"我想睡一下,你们自己吃吧!"他的声音虚弱而发着抖,让人几乎不辨。他说完就走入自己的房间去了。

我们呆呆地站着,满心狐疑。但那扇门关起来了。我们不知道他为什么这样失常。

"爸爸回来了吗?"是李诚熙的声音,他几乎是跌进房间的,"喂,我说,他回来了没有?"

他的声音又粗又急躁,而且喘得很厉害,好像跑了一大段路似的。

"回来了,可是不太对劲。"冀芬把声音压得很低。他的步子在室内来回踏着,一再拼命拿自己的指头关节,弄得喀喀作响,使人更觉烦躁,最后,他猛然坐了下去,椅子上的每一根藤条都紧张起来。"再没有比这更糟的事了。"他的右拳击了左掌一下，"爸爸看见胡太太了！我早就说不能骗他。住得这样近，迟早都会碰面的。好，这下他明白人家是不想上课了，他一定受不了的。"

我不禁深深地自责着。如果我不来，也许这骗局还不至于拆穿。我想这打击对他是太重了。

"唉，世上也有这样巧的事，"他的情绪慢慢平复下来，"我下了班，想去买瓶沙茶酱回来。刚进菜场，就看见前面有个女人好像胡太太。我再一看，爸爸也在菜场里。我真急坏了，想赶紧叫住胡太太，已经来不及了。我怕大声叫反而惹起爸爸注意。不料胡太太一点都没注意到，竟和爸爸走到一个肉摊上去了。爸爸一看见她，就跟见了鬼似的，肉也没买，就回头了。他的牙齿打着战，脸黄得像蜡。我慢慢尾随着，不敢叫他，又担心他会倒下去，直看见他坐三轮车，才放了心。他怎么样？希望没有事情！"

没有人说话，只有那只刚买回来的小鱼在喘气。

"我们还是看看他去吧，"冀芬说，一面和诚熙咕哝了半天。我犹豫了一下，也跟着走过去。

"爸爸，我们可以进来吗？"

"爸爸，请开门。"冀芬接着说，"我们要进来。"

"门没锁。"

诚熙推门而入，我也跟在冀芬后面走进房去。

他靠在一只大躺椅上，眼睛紧闭，眼角很湿润。他的手交叠着，长指甲弯曲而苍黄，在腹上微微起伏。稀疏的短髭被呼吸掀动——这些，就是他生存的全部记号了。

他的背后有一大书架书，那里必有许多他珍爱的版本。那里花尽他一生精华的岁月，那里面埋尽他所有的梦，所有近于宗教的情操。

"我没什么,"他有气无力地说,"太久不见太阳,刚出去就晒得发昏,过一会就好了。"

"爸爸想吃什么?"冀芬说,"我去做鱼羹,好吗?"

"不用了,我不想吃。"

"哦,爸爸,"诚熙被冀芬顶了一下,忽然叫了起来,"我今天碰见胡先生了,就是子钦子奇的爸爸。他这两天出差,顺便假公济私把太太也带来玩了。唔,他说子钦子奇好想你老人家。只可惜学校正上着课,不能来。"

"哦。"那老人忽地睁开深陷在眼圈中的一只眼睛。

"他还说本来要来拜望你的,只是因为临行匆匆,手上没买什么土产,不好意思来。"

"何必,"他开始搓着双手,"何必讲这么大的礼数!"

"他还说呢,"李诚熙咬了一下嘴唇,望了冀芬一眼,"他还说子奇一转学过去,应对之间就把校长吓了一大跳,他还以为他是神童呢? 胡先生最近想再给他们找个先生讲孟子,可惜乡下地方,没有人能教。"

"唉,"他挣扎着坐了起来,吁了一口气,神情很激动,"再过些时候吧,等我自在些,就编一份孟子讲义寄去。"

他的眼圈微红,瘦削的肩膀上下抽搐。他骨头的形状每一根几乎都可以看得很清楚了。我不禁想起那棵树:没有花、没有叶,没有一根小芽儿——除了嶙峋嵯峨的一把枯枝。

长长的夏天过去,秋天便来了。秋天总是来得晚一些,而且来得很无情。走到哪里,都觉得气象萧飒。那天,听说冀芬怀了孩子,高兴得什么似的,连忙去探望。不料开门的却是李伯伯。

"好久没见你了。"他手里拿着一捆稻草,那枯黄的颜色和他手指十分近似。我发觉,他又老了很多。

"冀芬在吗？听说李伯伯要添孙子了呢！"

"她不在家,她每礼拜三下午都要去检查的。"

"噢,"我很失望,不知道是否应该立刻回去,"我来得真不巧。"

"你进来吧,她大概也就快回来了。"

我走进庭院,发现他正在工作,原来他正在给那棵树扎稻草呢！

"你觉得这棵树怎么样？"他的口气好像一个母亲询问别人有关自己儿子的事似的。

"不错,没有叶子反而显得劲拔。"

"嗯,你要是学过国画就知道了,没有叶子的树才是最难画的。可是,就快了,明年春天就会发芽的。"他兴致勃勃地说,语气里充满了自信,"去年可惜了,前年冬天太冷,又没想到用稻草护上。不然,去年就该有果子的。"

他工作得很辛苦,显然他也并不十分知道该怎么绑稻草,我只好拙手笨脚地帮着忙。

"你没见过杏,是吧？"他瞅着我,我只好点了点头。"我也很多年没见过了。早年我父亲很喜欢弄的,一到春天,满院子开得桃红柳绿,照得人睁不开眼。那已是五十多年前的事了,难得到这里来居然还发现一棵杏。"

"杏树是很容易活的,"他继续说,也许因为累,便在石头上坐下了,"你听说过吗？孔庙前面孔子种的杏树到现在还活着呢！《尚书》上有句话,不知道你记得不,说:'颠木有由蘖'。意思说,大树砍倒了,还会发新芽的。这棵树还站着呢,谁说发不了芽？"

是的,我也希望它发芽,希望它绽开灿烂的花,但是,谁知道呢？

下午的阳光渐渐斜了,冀芬还没有回来。我不想进屋去,于是也在石头上坐下来。

"老伯身体一向好吗?"

"还是老样子,"他的神色在夕阳中显得平静而寂寞,"说毛病,也没什么大不了的毛病。饭也能吃,总是没有滋味。觉也能睡,老是躺不稳。唉,总之,人是老了。"

"老伯是想孙子想的吧?"

他隐隐的笑痕露了一下就消失了。夕阳沉没,光线更显黯淡。

冀芬终于回来了,还牵着一个小女孩。

"爸!"她兴奋地叫了一声,"您的麻烦事又来了。这是王美倩,她妈妈在路上碰到我,死拖活拉地指明要您老人家教她女儿。她是听胡太太宣传的。我本来不敢答应,后来怕再不答应就回不来了,只好说先带回来看看。爸,您说怎么样?"

"啊。"他轻轻地吁了一口气,拉过那小女孩,一面摸着她的头发,好像要借此证实这孩子存在的真实性。

虽然在昏暗中,我也能看见他闪耀的眼睛,那闪耀着快乐与自信的眼睛。

"真是劳碌命,过不得一天清闲日子,"好久好久,他才想起来应该抱怨:"唉,人都带来了,终不成还赶她走吗? 你叫什么名字?"

"我姓王,叫王美倩,在××国校四年级念书。"她站得笔直的,声调平板可爱,像在背书。

但我没有笑,反而吃了一惊。这声音好熟,不是我家隔壁的小倩吗? 冀芬怎么会找到她的?

"嗯,不错,这名字是出于《诗经》的,"他笑嘻嘻地点着头,眼睛眯成一条缝,"女孩子好,我喜欢女孩子。你看,文文静静的,哪像子奇那小猴子。"

当然文文静静,我心里想。去年从二楼上摔下来,脑震荡险些死去。

最近虽然好了,脑筋却不行了,不得已休了学。她不文文静静还待怎么着?难道也像子奇那样活蹦活跳的不成?

"我就是看她有读书的根器,"冀芬讨好地说,"才敢带她来拜见您老人家的呀。"

"别说这些,进屋去吧,有点凉了呢!"他说着,就领着孩子先走了。我和冀芬跟在后面。

"老天,"我暗暗地掐她一把,"你也不打听清楚,这孩子是根本没法念书的。"

"我知道,"她的声音低抑而深沉,使我为之一怔。"我和她母亲谈过,我都明白了——只是我找不到别人,又有什么办法?反正,有总比没有好。我明知道,但也只好如此了。"

天已经全暗下来了,我易感的心像是突然被什么夹缩住了,连跳动都觉得困难。屋里的灯光亮了,老人的笑声一阵阵地传过来,使我的胸臆间梗塞着一种凄凉的痛楚。

"我是来跟你道喜的,"我站在门口勉强笑着,"我不进去了,你替我告辞吧!"

她没有留我,也没有说话,只是紧紧地握着我的手。我真愿被她握得更痛些,好让我忘掉心头的疼痛。

一离开那朱红色的大门,我就拔脚奔逃。暮色越来越浓,好像整个世界都被黑色湮没了。我跑了好一阵子,才停下来喘气。回头望去,房屋的轮廓都已经看不分明,那苍凉的故事也似乎离我较远了。只有那枯瘦的枝子,仿佛仍在眼前浮漾。并且伸过墙头而雕刻在夜的木版画上,清晰而有力,勾画着一个我所不能了解的画面。

"红鬼"

那年夏天特别热,不是油爆火辣的那种热法,是一种阴险苦毒的蒸热,像个不明不白的脏沟,热得冒出泡子来。可是个子高的,平日坐在后排的同学全穿得很严密,有的人甚至驼着背走,唯恐让人看见胸前新发的小枣子。

我们到学校去看分班,我分在五年己班,四年级的同学都散了,只有纪美和我仍在一起。

五年级有十班,甲乙丙丁戊是男生班,己庚辛壬癸是女生班,前三班是升学班,后两班是不升学班。

开学那天介绍新老师,我们的老师姓黄,是个刚毕业的师范生。两只眼睛生得很开,像只兔子,头发又粗又硬,没有辛班的女老师漂亮,我们都很丧气。听说黄老师住在靠近后围墙的地方,有人爬窗子去看,看见桌上有一小瓶雪花膏。

庚班的老师是个男的,很凶,打学生的棍子老在换,因为老是断。他们班上的清洁、秩序、课业永远都是女生班的第一名,把黄老师气得成天哭,哭完了就骂我们,然后罚我们去跑操场,有时罚跪,有时打,棍子有时候也打断,不过断得不算太多,不像庚班,他们班上班长的任务就是替老师找新棍子。

但是等到第二个星期,得第一的还是庚班。

黄老师照旧罚我们。

不管罚跑、罚跪、罚挨打,都是全班一起受罪,但总有一个人例外,那就是阿娇。

譬如要罚跪了,老师会忽然说:"阿娇呀,快去帮我收衣服,快下雨了。"阿娇煞有介事地拔足就跑,仿佛真有那么一竿子衣服等她去救。等我们跑完了十圈操场回来,阿娇也安安稳稳地回来了,恨得人牙痒。

阿娇叫什么我也忘了,因为老师叫她阿娇,所以大家也就叫她阿娇,阿娇家就住在学校外面的一排小房子里,她爸爸是卖鱼丸的,成天推着个车子转来绕去,不知那小小圆圆白白的东西,怎么能养活一家人。阿娇好像不怎么见她回家,老赖在老师房间里——真想不出老师的房子那么小,哪有那么多事可做,一下子抹窗,一下子刷地,一下子熨衣(其实老师也没几件衣服),一下子又炒菜煮饭,忙得里里外外,全校只见她一人在跑来跑去似的。

晚上阿娇还改卷子,所以我们的分数全掌在她手里,她不是班长,功课也不好,我们私下都知道她不会升学,不升学还钻在我们升学班里,真不羞!

阿娇的全盛时代真是权威无限,譬如说考算术,五十分该打几下,六十五分该打几下,全由她主张,事后她还叨叨地抱怨着:

"哎呀,老师说的呀,考五十分的打五十下,我说算了,打三十下吧——其实我本来是想替你们说成二十下的,但是说少了恐怕反而不成事,你们,要不是我——"

阿娇不高——高的人因为发育较早多半安静木讷，不敢引人注意，也不矮——矮的人多半营养不良，有点伶仃可怜的样子。

阿娇不高不矮，粗嘎着一副嗓子，皮肤倒还白，一种旧木头的白，那排小屋里的孩子数她最清秀。她的手脚出奇的粗大，她也不在乎，说起话来最爱比手画脚，她的全身力气好像都长在嘴上了。老师跟她一起的时候全是她的声音，不跟老师在一起的时候，她就跟我们吹牛，我们当然全恨阿娇，不过那是等她不在的时候，她在的时候大家都不反对听她的牛皮。

"哎哟，老师的男朋友可多着啦，"她很权威地说，"一天都是情书，哎哟，写得好亲热……哎哟，我真不敢看！"

"写什么？写些什么？"

"有没有写我爱你？"

阿娇咻咻地笑，她的嗓子粗，笑起来不管怎么捏细还是刺耳。

阿娇透露的东西总有几分神秘性，是一种能让罪恶的想象力十分活跃自由的神秘。

"老师有一个胸罩，哎哟，我真不好意思说啊，好像是美国买来的呢！"

阿娇每说到紧要关头就改用小声，站在外围的人总有一些听不到，而听到的总不肯传给听不到的听，教室里吵成一团，听到的装作很圣洁的样子，坚决地表示："哎哟，不是我不说，怎么说得出口啊！"而且一面捂着耳朵，好像想把听见的东西闷死在里头似的。

追老师的人好像不少，辛班的漂亮女老师反而没人追，听说她已经跟庚班老师快订婚了。大家都不平，庚班老师又凶又丑，一天只会靠打人来维持第一，说不准将来也会打太太来要她凡事保持第一。但辛班学生好像很高兴，她从不打她班上的学生，大家都说她是故意的——她班上的同学愈懒愈笨愈脏才愈能衬出庚班了不起。

如果阿娇说得不错,黄老师恐怕就要结婚了——跟一个我们看起来是个老头子的人。可是真要结婚,倒也编不出什么新故事了,阿娇的新闻不再有听众,阿娇从此忙得更彻底了——停了嘴,只好让脚加班,她里里外外前前后后不停地跑,一会儿去老师那儿报告谁从铁丝网钻出去买芭拉,一会儿又密告谁跟谁吵了架。吵架的人有个一定的处罚办法,就是捉对儿送到阳台上去,两个人面对面地跪着,跪到老师想起来的时候,便去叫她们站起来拉一下手。朱燕菁的脾气特别不好,每次她对面都要跪上五六个人,她直撅撅地跪着,不像受罚,倒像个做老师的在教一大排学生怎样下跪。

　　阿娇跟全班人都结上仇了,没有谁没被她告过密,没有谁没在她的建议下挨过打,而她自己什么苦都没尝过,有时候还当着我们面吃老师男朋友送的外国巧克力糖,一副"屎桶"(读若腮烫)相!

　　后来,由于班上来了个转学生,阿娇便开始没落了。那转学生叫许银碧,瘦瘦干干的,像条炸过头的小咸鱼,大家也没怎么理她。

　　不知过了几天,银碧忽然活跃起来了,银碧巴结不上老师,又不像班长、副班长、风纪股长之流属于功课好的正科出身,况且又是转学生。可是她碰巧家里有刚结婚的哥嫂,每天一大早她就迫不及待地讲昨天夜晚的故事,故事内容比阿娇的当然又大不相同,听的人搭成一座火山,银碧就是火山心子里的那点熔浆,听到精彩处,火山四下迸开,一面哇啦哇啦地叫着,有的拖长了调子喊"啊哟",有的一迭声地声明自己不信世间有这等事。

　　"骗你会死,"银碧——那团熔浆——扯尖了嗓子叫,"我还没有讲完——"

　　人群又聚拢来,听那永远讲不完的故事。班上渐渐有一种浮动的情绪,仿佛上着课的时候,银碧的哥哥嫂嫂就在隔壁搞鬼似的。

　　跟银碧同时崛起的是个外省同学,叫谭清,长得黑胖粗壮,每天带着个好大好大的便当盒。

我是属于谭清派的,谭清讲一口好国语,说起故事来没有一个能比得上她的。她的书包也大,常装了些便条纸之类的东西来分给我们用。

"我们这学校不好,"她说,"还没有我家后院子大——滑梯也不好,我家不这样,全拿白色大理石做,我一个,我弟弟一个,爸爸说,省得我们两个打架?"

我们听了都吓得气短,对她十分敬服。

"我们家听差可多呢!有的站岗,有的烧饭,有的擦地,有的做衣服——我的衣服真多,可惜天天得穿这种鬼制服,我们在家都穿纱,一层一层的大蓬裙子,全是美国买的。"

"不是听说法国的好吗?"

"呸,法国,"她不屑地说,"我爸爸说法国早落伍了,现在兴美国了。"

"你不是说有人专做衣服吗?怎么还要买美国的?"

"哎哟,你这人真不懂,家里的听差只能做我们的内衣内裤和睡衣什么的,别说我的衣服——我洋娃娃的衣服也是外国买的呀。嗬!我的洋娃娃就甭提了,大大小小能排成一班,它们自己住一个房间,各有各的床。"

"明天带一个来给我们看看好不好?"

"好,这有什么难,有空我请你们上我家去——我家就是狗凶,要不然我早带你们去了。"

我们兴奋得要死,可是接着几天,谭清没来,过了很久,又来了,再不提叫我们去她家玩的事。

"我爸爸开车带我们去旅行了,我爸爸说我来不来学校都没关系,反正弟弟和我都各请了一个家庭老师,两个老师都是博士,比我们老师有学问多了!"

我们目瞪口呆,恨不得做她家下人。

"等我毕业,我爸爸说要送我一辆轿车,妈妈说白的好,爸爸说黑的好,我说红的好。"

"天哪,"有一个沉不住气的忍不住叫道,"要是我爸爸肯送我车,我管它什么颜色,就是烂泥巴色我也要啊!"

谭清不屑地撇一下嘴,扭头走了。

谭清的书包里塞遍了各类的书,古古怪怪我们连念也念不出的书很多,可是有两本书她偏没有——五年自修和升学指南。

谭清到校的时间愈来愈少,来了也每每打瞌睡,别人打瞌睡是无声的,她一睡着就打鼾,结果少不了招一顿好打。

谭清偶然也有很怪异的时候,有一天,她兴冲冲地来上学,很愉快地跟我们一起背书,忽然,她咂着嘴说:"嗨,你们吃过红烧肉没有,真好吃,昨天我爸爸烧的!"

我惊讶得张着嘴,直到牙齿都被风吹冷了——怎么谭清的爸爸自己动手烧肉了呢?

也许因为经常缺课,谭清的故事往往等下一次来就变了点样子,譬如那滑梯,不知怎么竟从后院搬到前院来了,而且还加镶了十二颗红宝石。

谭清最后一次来学校是模拟考试后三天,那天黄老师脾气出奇的大,谭清除了国语考了八分外,其他都挂零,也是所有五年级学生里考得最坏的一个,连带的,也害得全班平均分数拉低了不少,我们是升学班里考得最坏的一班。

老师把谭清叫到台上准备要打,另外还有几个考得坏的,都贴墙站着。台上一片万金油味,人人都在手心里、股臀上、脸上,凡是有可能被老师打到的地方抹上麻辣辣的万金油,有人被熏得眼泪掉了下来,很不甘心地用袖子去擦，生气自己的流泪大有可能被误会为害怕。

忽然，阿娇站了起来，粗着嗓子，几乎是兴奋地叫着：

"报告老师！"

老师回头看她，她的声音开始发抖。

"报告老师，谭清是坏学生，谭清撒谎，她整天说她爸爸是大官，住大楼房，坐小包车，她家的家庭老师都是博士，她家的滑梯都是宝石，她家佣人的房子都比老师的好。哼，结果，昨天我偷偷地跟她走，原来，哈，她家什么也没有，她家只是别人不用的旧猪窝，她爸爸是捡垃圾的，她妈妈跟人跑了，她——谭清撒谎，不要脸。"

谭清听着，起初有点愕然麻木的样子，似乎阿娇说的只是另一个人，等到大家都爆起眼睛看她的时候，她才忽然警觉，一下子涨红了脸，当下跳起来，直奔向阿娇，她狠狠地撕阿娇的脸，嘴里高声叫骂起来。

"你放屁，你放屁，你这死娼妇，你这狗娘养的杂种，我叫我爸爸枪毙你！"

她骂得这样纯熟流利，连黄老师都不知所措地愣了一下，接着，黄老师顺手拿起一截竹子，劈头劈脑地打起谭清来。

谭清跳着，扭曲着，嘶嚎着，闪躲着，竹子渐渐打劈了，节奏显得特别夸张明快，全班同学都屏着气，仿佛在看一场紧张的马戏，虽然害怕，却舍不得错过任何一个动作。每次有人挨打，阿娇总特别愉快，她不知从哪里端来一小杯水，毕恭毕敬地捧着，专等老师打累了喝。可是她又决不开口请老师喝茶，免得老师提早歇手。

谭清起初还吐口水，还跳骂，骂的话全是不堪入耳的。后来渐渐倦了，认了命，由竹子去打，似乎打的不是她，是一个撒谎逃学的坏学生，跟她这位大官的千金不生关系。

打完了，谭清背上书包便走了，她走得很慢，因为小腿在流血，血点子大滴大滴地掉在走廊上，看起来很怕人，及至真的落在黄灰色的水泥地上，一会儿就被吸干了，也就不明显了。

我对谭清的最后印象是一双红沥沥的小腿——我原来满心想看她的红轿车的。

老师打完谭清已经没有力气打另外几个人了，她们白擦了万金油，可是当然都很高兴，并且抑制着不让人家看出她们的高兴。

老师一气罚我们大家跑操场，大家一边跑一边恨谭清，都说是她害的。就连同她最要好的董玉也在骂她。还有几个也在说她们早知道谭清是撒谎的。

老师气得忘记把阿娇支开，看样子大概又是去哭了，阿娇只好跟大家跑，她一边跑一边仔细描述谭清的家，跑到第三圈，她忽然说想起一封十分重要的信，是老师叫她一早发的，她得马上去寄，回头再来。

＊

后来，我们就六年级了。

黄老师不再教我们，听说好像是结了婚转到别的学校去了。可是我们都没有看过她的结婚照，阿娇也没有，阿娇从此少魂失魄地荡来荡去。

让阿娇那副嗓子闲了下来，真是件残忍的事。可是，她如果想开口，她又有什么资料可提供呢？

我们换了一位男老师，姓杨，他也教音乐，打起耳光来清脆无比。他家不住学校，并且订了婚，不需要"小佣人"，阿娇白搁着没人理。

他一来，就重整旗鼓，别人扫教室，他却规定我们洗。一大早，我们就一遍遍地刷地,然后用抹布擦干。大家进教室都得脱鞋,只有杨老师可以穿着鞋进来——从此,清洁比赛的第一名就没让别人拿去过。

杨老师对升学班和不升学班的分法显然不够满意,他自己又经过考试把我们划成四类,分八排而坐,第一类是可以考取省中的,座位排在最中间的两排,在这核心人物的左右坐着第二类,属于可以考取市中的,第三类坐得更外,表示只能考取私中,最后一类坐在教室两侧——表示很危险,大概什么都考不上。

杨老师说好学生所以要坐在中间,是为了让他们听得清楚,并且好学生不该跟坏学生混杂坐,免得带坏了。

杨老师每个月来一次"模拟考试",各人的位子凭成绩每个月调动一次,没有人可以担保自己长期做第一类人,也没有人会被强迫永远做第四类人。

但事实上大家的调动并不多,譬如我和董玉,总是在一、二类之间,有些人在二、三类之间,有些人在三、四类之间,当然也有些永不移动的,像班长、副班长,她们好像下死心一定要坐稳第一类位子似的,像阿娇、银碧,是永不超生的第四类人!

我们班一下子变成模范班了,不管清洁、成绩、风纪,样样都拿第一。六年己班是大不相同了,把庚班老师气得常常叫胃痛。

班上的新主角和新丑角都换了人,新主角是一个长得清爽伶俐叫温玉云的。她算是班长,可是大家不怎么看得起她,她发育得太整齐了,连"那个"都来了,常常把椅子坐脏了,我们都暗地里骂她,觉得老师既然喜欢她,准是有什么不对劲。

我们私下里拥护的是副班长,一个叫邱美枝的大眼睛,我们喜欢像她这样细瘦还没有发育的型。"发育"是件可怕的事,简直是罪恶,是不要脸,是必须好好加以鄙视才行的。

新丑角叫陈丽华,她长得眼小嘴大,发黄鼻塌,一副窝囊相,考试成绩总是垫底。老师有一条法律处置最后一名的人。就是用红笔画上脸,跪在教室后面,头上还顶个装满了水的水桶。

老师这种处罚很好,等于差不多每个月让我们有一次开心娱乐的机会,等老师一离开教室,副班长就领头,先仁慈地叫她把水桶的水倒掉一半,然后叫她把跪姿改成坐姿,一面拿起笔来替她多画点眼圈什么的,丽华也不生气,任人摆布,她是个典型的受气包。

班上需要丽华这样一个人,大概跟需要副班长邱美枝这样一个人一样重要。她最丑,谁跟她在一起都显得漂亮;她最笨,谁跟她在一起都显得聪明。有处罚总是她当先,有倒霉事总是她第一——反正有了她大家就都安全了。

陈丽华的把戏一个月才玩一次,真不过瘾。

不知陈丽华怎么想,她好像也惯了,事前事后当然也会呜呜地哭几声,哭完也就算了——她连从前的谭清都不如,谭清挨打的那次至少还大模大样地吐过几口口水。

到后来,陈丽华差不多把这件事当作一件专利品似的认真执行了,连副班长为她倒掉一半水的情分她也不屑领——不过后来水桶旧得漏了洞,每次顶到最后,水差不多也漏光了,水都漏在她身上,看起来更窝囊了。

六下开始,教室里的气氛慢慢更不对劲了,紧张得好像彼此坐着都能听到对方的心跳似的。

家长会捐了个国父铜像,揭幕那天学校里办了个"民族精神教育观摩会",各校的老师来了不少,我们不免有一种演戏的快乐。杨老师事先排演了几次,他每问一个问题,规定我们只要有三分之二以上的人举手,他所挑的第一个同学不准说正确答案,必须胡诌一个错的。等这样来上三四次以后,才由某一个同学说出正确答案——老师说这样才显得自然。

那一天我们演得很好,大家兴奋得不得了。那是我们最后一次开心的日子,那天老师很和气,打着领带,待我们真像待"国家未来的主人翁"。

后来日子就愈过愈不好挨了,老师定下了一种"状元考试",也就是说在毕业前三个月的十三次考试中,累积分数最高的人就可以得到状元奖,状元奖包括一支钢笔、一盒水彩、两条手帕。

不知为什么,老师一说了状元奖,大家就像鬼迷了心窍似的,各人脸上的神色全不对了。功课比较好的同学再也不肯跟别人一起读书,她们各人捧着书,躲起来,挖宝似的各人偷着干。

大家各把自己"秘籍本"参考书藏得妥妥当当,外面用厚纸包好,读的时候用手盖着读,读一行放出一行。读完又盖上。大家都在传说谁的本子在哪里买、多少钱、权威性多大。

有的人装作不在乎的样子,专跟别人捣蛋,她们或唱或跳,或找人聊天,或睡觉,尽量表现自己无意于状元奖,但据说她们私底下念得比谁都疯狂。有些人成天愁眉苦脸地见人就说她们准备得多糟、考得多坏,好像一心要请别人不要对她加以提防似的。这些人似乎不但懂得怎么增加自己的力量,而且懂得怎么削弱别人的力量。

状元试才考了三四次,阿娇居然被调到第二排——就是实力可以考取市中的那一类——来了,并且就坐在我前面,这一下,大家受惊不少。

更可怕的是再过了一个星期后,阿娇竟调到中间去做第一类人物去了,老师大大夸赞阿娇一番,并且预言阿娇如果继续努力,未尝没有得状元奖的希望。

状元奖的竞赛更白热化了,奇怪的是阿娇虽然被老师大捧特捧了几次

（有时还叫我们全班替她鼓掌），倒没有从前那番盛气了。她安安静静地微笑着，连牙齿都不露一露，好像真的已经脱胎换骨成为第一类的好学生了。她那鸭子似的嗓子也收起不用了，大脚板也不跑得那么勤快了。

"阿娇，请客，女状元准是你当了！"

阿娇像模像样地作了几秒钟的文静微笑，忽然，她把大拇指跟无名指捏在一起，打出"得"一声清脆的响声，像跳新疆舞似的。我们都相顾愣了一下，她这一手一定苦练了不少日子，才打得那么熟练——这动作其实是杨老师的商标，他连骂人都喜欢加两下子进去，似乎比较有节奏感。

但阿娇一打，就不是那么回事了，反正这动作既不该是全盛时期阿娇的动作，也不该是中兴时期阿娇的动作。大家都暗笑起来。

阿娇似乎看准了她的新位子，一坐下来屁股就生了根似的，连着每次考试，她都稳稳地霸住位子，风纪股长陈富珠硬是被逼到第二类人中来了，阿娇的成绩愈考愈好，看起来真有得状元奖的可能。

阿娇重新有了重要性，所以又有了不少附从的小喽啰，连银碧都投到她的旗下去了，阿娇的风水又看好了。

考试考到大约第十次的样子，竞争的人慢慢减少了，空气的密度好像也放松了，反正某些人就算每次每科考一百分也扳不回大势了，所以有人就死了心。老师宣布了一条新规则，如果有两个同学总积分相近，成绩渐渐进步的，要比成绩渐渐退步的优先当状元。

这话好像分明是指阿娇讲的。谁能"渐渐进步"？除非本来考得坏，但除了阿娇，谁又会"本来考得坏"？

只剩下两次考试，"状元奖"便可见分晓了，角逐者的分数都清清楚楚地贴在教室后面，白纸黑字，再显眼不过。

如果阿娇再来两次"全科满分"，她和温玉云就只差四分了，当然，那是说温玉云也得考两次"全科满分",但温玉云每次"那个"来就坐立不安,考试准考坏,我们算计一下,她似乎又该"来"了。

阿娇甚至比副班长多得一分,有不少人开始讨厌她,但显然跟从前那种讨厌不同,从前那种讨厌是看不起,现在却含着惊异和嫉妒——被人这样讨厌恐怕是件很舒服的事。

阿娇宣布她有一本秘本参考书,读了以后百发百中,据说是从前的黄老师寄给她的,她已经很久不谈黄老师了,现在忽然旧调重弹,搬出黄老师来絮絮叨叨地讲个不停。

她一下说黄老师的新家多漂亮,一下说黄老师生的小男孩有多聪明,她说这些话的时候总把嗓子压得低低的,阿娇简直是从丫头变小姐了,哼,恐怕还要变成女状元呢。这位女状元一边讲黄老师,一边把大拇指和食指捏在一起打得劈啪响。

*

早晨,我们都排着队上学,我是第五队,我们每天七点在一家洗衣店前面集合。洗衣店开门晚,我们总是很辛苦地从门缝里望那只大钟,大钟暗黄,房子乌黑,真不容易搞清楚时间,最要命的是那只钟还时常停。

我们这一队有七个人,可是只有队长纪美是属于"绝对的第一类",不过她虽比我们都强,要说状元奖,她也是没份的。所以坐在洗衣店门口等结队出发的时候,我们倒是很轻松的——虽然也看书,但都很心平气和。

有的人在讨论昨天的一题"成语重组"。

那道题目出得好怪,是"笑笑不贫娟",大家虽然不太懂这种课本上没有的东西,但对"娟"字都约略知道一点,所以谁也不敢回家问大人"标准答案"，不像上次那句"知知知不人心面"还可以找人问。于是都只私下瞎猜，一面还哧哧地笑。

"应该是，'贫娟不笑笑'，是说因为贫穷，所以笑不出来的意思。"

"我写的是'贫娟笑不笑？'做了娟，当然就得笑呀！"

"不要脸，你见过？"

"别胡扯了，我写的是'不贫娟笑笑'——不贫穷才笑得出来呢！"

"少吵，"纪美不耐烦地说，"我看是老师有毛病，才会出这种不要脸的成语。"

正嚷着，顾小薇来了，那天早上顾小薇来得特别晚，似乎已经七点六分了，她一来，我们立刻就走，她一边跑，一边上气不接下气地叫着：

"你们别只顾走呀。人家今天有新消息呢，可不得了啦，听了会吓死的！"因为怕迟到，我们都半走半跑的，谁也不想理她。心里真气她又慢又嘴碎。

"怎么？你们不想听？我刚从庚班那里听来的呀。我们自己班上闹了鬼，我们自己还不知道，哎哟，吓死我了，他们都看见啦！"

"你想干什么？一大早专门讲鬼？"纪美不高兴地停下来。

"是真的，你不信，哎——哟——庚班的人说的，已经见过好几次了，她说她亲眼看见的，她说她撒谎会死。"

大家都忍不住停下来——迟到就迟到吧！连纪美也不走了，只下死劲嚼一颗酱红酱红的"李咸"，嚼得核子都碎了，像在嚼骨头。

"庚班的说，那鬼天黑以后才来，穿一件大红衣服，点一根红蜡烛，坐在那里动也不动——恐怕是在梳头也不一定。"

大家立刻尖叫起来四散逃跑了，只剩下高拔的声音割得人耳疼。我也怕，但不知怎的就是叫不出也跑不开，好像中了魔。

"以后她看见光熄了,只听见阴风吹得房子喀喇喀喇的。"

"后来呢?"

"第二天早上她去看,什么都好好的,她不敢说,可是想不到过了一阵子,她又看见了,她看见七八次了,可是奇怪每次好像都是礼拜五晚上。"

"走,走,"纪美忽然不耐烦起来,"你们迟了,老师要骂我。"

"庚班那个人说的——她家就在学校旁边——她说恐怕是从前在这个教室读过书的同学,因为读书太用功,死了,所以做了鬼还常来坐坐。"

又有人尖叫起来,虽然太阳亮堂堂的,但大家都满身鸡皮疙瘩,有人气不过,就打顾小薇,队伍乱成一团。好在今天值日老师没有出巡,否则我们一定会被"修理"的。

"是真的,我骗你们会死,是真的,一个鬼,穿着红衣服……"

学校到了,站在门口的纠察队凶巴巴地望着我们,顾小薇显然还想说,纪美把她喝住了。纪美是邱美枝的死党,在班上蛮有威严。纪美警告她不许再讲,如果老师听了一定会打她几个耳光。顾小薇的爸爸是医生,家里很宠她(主要是有钱可以宠),她一听说打耳光,就吓得不敢出声了——顾小薇是唯一从来没有挨过耳光的,她爸爸是家长会长。

可是班上大部分的人好像一天之内都晓得那些事了,也许因为是一件不打算说给老师听的秘密,所以传起来有一种又惊又怕的快乐。

那天是礼拜六,老师又把成绩抄出来,阿娇考了个满分,温玉云还差她五分,大概是不会那题成语重组吧,不过好在温玉云总分仍比阿娇多一分。副班长也考了个满分,但仍差阿娇两分——剩下最后一次了,状元奖马上就要见分晓了,三个月的竞赛就快结束了,大家又急又怅然。

那题成语只有阿娇跟副班长邱美枝做对了,邱美枝似乎很不好意思,她说她也是乱猜的。

标准答案贴在教室后面,是阿娇的卷子,那成语重组的答案原来是"笑贫不笑娼"。我们都很瞧不起她,她竟知道这种句子,丢脸。

温玉云很不高兴,一向多半都贴她的考卷,她的字写得漂亮,每次她都喜欢自己掺和墨水来写字,卷子上有时候是蓝绿色的字,有时候是青紫色的字,她的卷子实在好看。

"这是什么意思,"温玉云握着卷子直瞪着老师,"什么叫笑贫不笑娼?"

我们都暗吃一惊。她还敢问这种问题——可是我们不敢做出吃惊的样子,我们都木头截子似的坐着。

"这就是说,一般人都只讥笑穷人,不讥笑坏人!"

"谁是坏人?"

"娼是坏人。"

"不笑贫也不笑娼不是好吗? 为什么要笑人家!"温玉云八成是气昏了,居然一再说那种不要脸的字。

老师倒也没生气,只说:

"不行,我们应该看不起坏人,不然坏人就更不知耻了——上课也是一样,我把你们分四类坐好,就是要刺激你们知耻,好一心往上爬,你们长大就懂了。"

温玉云没再问什么,我们都松了一口气。

礼拜一到礼拜五的日子过得特别快,我们终于考完了最后一次状元试。考完了,不知怎的,忽然觉得要分开了,那天晚上大家都去买纪念册,准备让人写些"祝你鹏程万里"之类的话。

晚上,纪美来找我,我以为她要我陪她买纪念册去。"我已经买了,你自己去吧!"

"不是,我带你去看一样好东西。"

"什么东西？"

"不能说。"

纪美的爸爸早死了，但她家好像很有钱，她有许多零用钱，可以大把买东西，吃不完地吃着——酸梅、橄榄、话梅、李咸、蜜饯，我不喜欢跟她去，因为吃她的东西不舒服，不吃也不舒服，我自己一毛钱也没有，妈妈的原则是"只准在家吃，不准在外花"。

"我刚吃了饭，不想吃东西。"

"不是吃，是去看，快，晚了就来不及了。"

我不喜欢纪美，可是，不知怎的，事实上竟老跟她做朋友，我们住得近，又是从四年级就是同学，个子偏又长得差不多，总是被安排在一起，好像不做朋友都不行似的。

她拉着我低头疾走，夏天的黄昏有一种热气从洒了水的地面冒起，有一种凉风从树上浇下，弄成一种古怪的又热又凉的气候。

我原以为要到什么新地方去——不料走的却是老路，每天上学的老路。她带我从侧面的门进去——从大门走要经过办公室，那里面有值夜的老师，不太安全。

小门外是一片小房子，一辆卖鱼丸的车子停在门口，那是阿娇的家。

和那排小房子成九十度方向的是一条小河，河外是堤，堤外是逃学的人藏身的地方。只听说那边长着许多灯心草。河里是学校的花园，园里多半是草，少半是难看的呆呆大大的大理花，再以外就是长满了蕨草的防空壕。

纪美把我扯到大理花里蹲下，忽然有个黑影拍了我们一下，我吓得忽地弹起，奇怪的是胸口以上被心跳震动得硬硬的，大腿以下却软瘫着，可是，我听见纪美噗嗤一笑，才发现只是副班长，跟在副班长后面的是温玉云，还有风纪股长陈富珠，她是邱美枝的小跟班。衬着黄昏时分的大理花，每个人的脸都神秘怪异，也许是夕阳的余红尚在，大家的眼睛都红烁烁的——可是，不对，夕阳在堤那边，那是我们的背后。而且，天实在有点黑了，那些不可靠的余霞也不红了，一下子全都褪成深灰和墨蓝。

我来不及开口，只听副班长说：

"来了。"

小门那里出现一个穿红衣服的人，虽然看不清楚脸，但是一眼就知道那是阿娇——她就那一件衣服，而那种怪衣服也就只有她一人有。

据说那是一块吃拜拜酒席用的旧桌布改的，我看也差不多，好像还有着酱油点子和香烟洞，平常放假日她也老是穿它。

她一面走，一面东张西望，手里还握着一小包东西，居然是用同色的红手巾包着的。不妙的是她也走到这片大理花里面来了，忽然，一蹲身——真是英雄所见略同——她也藏进花丛里面。好在她藏在我们前面，不致看到我们。

我不完全知道这是怎么回事，但在模糊的恐惧中又有一种说不出的快乐。好像看一部情节大致晓得的紧张电影，心里知道好戏就要上场了，而且也知道不管情节搞得怎么惊心，你自己总是安全的。

天又黑了一点，我很怕阿娇发现我们，这种"怕"给人一种"冒险家"式的"恶意的兴奋"。

阿娇站起来了，天是真的全黑了，她很快地蹿到教室旁边，小心地擦着墙走，然后，把红红的手帕绑在脖子上，两只手腾出来爬水管，不一会，她就爬到二楼，那正是我们的教室。教室外面是走廊，她翻过栏杆进入走廊以后，立刻蹲了下来。

副班长带着我们也立即起身，我们在防空壕里弓着腰走，走到唯一的一座小搭板桥,我们就直起身来走过桥,站在堤上。

堤很高,我们恍惚看见阿娇在走廊上坐着。

不知道是因为害怕还是气喘,阿娇坐了好一会才去开玻璃窗子。开了窗子她立刻爬进去,再转过身来立刻关窗。

虽然隔了这么远,我们仍然不敢说话。

阿娇进了教室以后,教室里忽然亮起一种奇异的红光,我们教室原来是有电灯的,可是怕督学来检查,就剪掉了(督学说有电灯的地方准在恶补,我们其实仍在恶补,只不过地点改在同学家了),不久,我们看出那红光是一小截红蜡烛的光,整个教室被烘染得像一座小庙,用一截红烛,供着一员穿着旧红衣的泥塑。

那红衣泥塑走到讲台上,打开抽屉。掏出考卷来——隔得再远,我们也认得出那是考卷。她一张一张地翻着,她似乎找到了要找的那一张,她从红手绢里拿出笔,似乎还有橡皮。

隔着河,我们像在观察地府,黑乎乎的夜色,更衬得红衣和红光有一种邪恶的阴惨。红色会红成这样昏昧,我才第一次发现。

"走吧,"温玉云说,"我们总算看到鬼了。"

"红鬼!"

"不是,是挂红条的状元,各位可要小心呀!是大状元呢!"

"我们去叫老师来。"

"不,我们走,我们谁也不告诉,"邱美枝坚持地说,"等她拿了状元奖我们才说。"

第二天一早,老师叫我们自习,他带着考卷到楼下办公室去改。

奖品高高地堆放在桌上,带着一种像定时炸弹的威力,全班都不安着,倒是温玉云、邱美枝和阿娇反而显得很沉着,她们一句话也不说,像是表演国术的人在大喝一声之前板着脸先运气似的。

阿娇今天穿了一件白得不能再白，硬得不能再硬的制服，不时用手去捏那袖子上的笔直的熨斗痕迹。她的衣服从来没有这么白过，让人恍然间以为昨夜的红衣只是一种幻觉。

老师来了，奖品堆在桌上，像一盘不太新鲜的祭肉，又高贵又腐臭。

"我很高兴，"老师很正式地宣布，"这次总分都差不多，温玉云和阿娇同分，我决定把状元奖颁给阿娇——你们大家也要学阿娇，她家境不好，人也不太聪明，可是她用功，这叫勤能补拙。"

大家鼓掌，阿娇穿着她的"领奖衣"去领奖，她连走路的步调都中规中矩，好像私下特别练过似的，她的脸又是矜持又是谦虚，跟平日温玉云领奖的表情差不到哪里去。

接着是发考卷，各人一边接考卷，一边忙着掩住自己的分数，并且忙着偷眼看别人的分数。

"老师，"有人在混乱中举手，那人是陈富珠，好半天老师才听到，"我的考卷上有蜡烛油。"

"我的也有。"邱美枝接着说。

"我也是，我的考卷经常弄得都是蜡烛油。"

老师迷惑了一下，话虽荒谬，但都是顶尖人物讲的，一时也不便斥责。我回头看阿娇，她的脸上没有一点表情，既不发青也不发白，她坐得稳稳的，好像在跟自己的表情打架，发誓不泄出一点痕迹来。

其实我知道，那些蜡烛油是没有的，昨天她们商量好了，就拿这句话做开场白的。

"而且，桌子上也都是蜡烛油，老师自己看吧！"温玉云大声说。

阿娇不信地往桌上张望，但隔得那么远，她看不到讲台桌面上的蜡油。

其实阿娇很仔细，她什么也没留下，讲台上的蜡烛油是邱美枝趁大家去升旗的时候弄上去的。

"也许是外面的人夜晚闯进来。"老师不十分在意地说。

"不可能！"邱美枝说，"通二楼的楼梯口都有锁，进不来的。就算进来了，他们也不会知道考卷在哪里，就算知道考卷在哪里，也不会点着蜡烛去看考卷。"

"啊哟，有鬼！"敏感的人立刻叫起来。

老师很生气，但蜡烛油很明显，老师一时也不知道该怎么向我们解释。

"不许吵！听见没有，什么鬼不鬼，不许胡说，鬼来这里做什么？"

"庚班的人说的，"大家七嘴八舌地嚷起来，因为说的人多，一时也不怕杨老师下来抓谁，仗着这一点，大家都把握时机大着嗓子说起来，"庚班的说得不错，是有鬼的，不信去问庚班的，庚班说的。"

老师气得把粉笔头一掷，几乎打中富珠的眼睛，然后就生着气往外冲。

"老师，那只鬼我看过，"邱美枝慢慢地说，老师居然回过头来。她一句一句讲着，带着一种自我欣赏的快乐，像个拉胡琴的，被自己的音乐感动得摇头晃脑的，"那只鬼我看过，每到礼拜五——就是考完试的那天晚上——就出现。那红鬼住在小木屋里，天黑了，她就穿着一件红衣服，包着红包袱，走呀走的，就走到教室来了。"

邱美枝说到得意处，竟学起样子来了，她学得太像，有的人吓得哇哇乱叫，有的人蒙眼，有的人捂耳朵，有的搓揉两臂上的鸡皮疙瘩。

"那鬼会爬，专爬水管，那鬼经过走廊，开了窗，就钻进来，点上红蜡烛。那鬼慢慢地找考卷，找几张最好的来对着改——那鬼大概前辈子当不成状元，这辈子拼死也要做状元。"

忽然，大家敏感地回过头，全班都盯着阿娇看。连最笨的坐在两侧的同学,连陈丽华都听出这是怎么回事了。

温玉云和陈富珠也弹簧似的站了起来。

"我们一起看到的。"纪美拉着我也凑数似的站起来,我很不好意思,觉得大家都在骂我跟着"大人物"跑,都是纪美害我,我恨死她了。

阿娇的脸仍旧木木然,像表演气功的人在运气,倒是老师的脸一下红一下青,像一排控制失灵的霓虹灯。

相持了许久,霓虹灯关上了,老师脸上只剩一片阴惨的黑灰。

"是你?"

阿娇不说话,脸色也不改。

"你偷改了几次?"

"一百次!一万次!"阿娇粗着嗓子干叫起来,一面用一双大手一扫,状元奖全打在地上,水彩一管一管地迸得满地。白瓷调色盒打得粉碎,一只雪亮的派克笔也像只老鼠似的缩在桌子下。

从来没有见过阿娇这么凶,可是,她的手刚收回,老师就左右开弓打她的耳光,老师的力气本来就大,又不耐烦找棍子,总是甩耳光的时候多。

阿娇的脸被打红了,总算制造了一点该有的羞赧的颜色。平常老师的手一下去就是五道痕,但打多了反而看不清楚痕迹,只见一张陡地肿起涨红的脸,像撕下皮的熟番茄。

老师仍在打,阿娇开始流鼻血,一滴滴的,有逐渐把白制服染红的可能——可惜她的制服今天特别白。

老师每次打完耳光都抱怨我们的脸把他的手打痛了,但是今天,他好像打疯了,也不怕自己手痛了。

阿娇终于啜泣起来,老师这才住了手。

老师又动手用红墨水给阿娇画脸,阿娇没命地大哭起来,我猜她一定想起她辉煌的日子了。我们从来还没听过阿娇哭,哼,她终于也有这一天。老师又叫陈丽华去打一桶水来给阿娇跪着顶,丽华愣了一下,才摸清楚老师的意思。发现这次不该自己顶水桶,丽华简直有点不惯似的。

阿娇那天一直跪着,便当也没吃,水渐渐漏得她一头一身,红墨水也顺着脖子淌得衣领尽红。大家都不去搭理她——好学生们恨她居然如此僭越,敢来夺她们的状元奖。坏学生们也恨她不安着分跟她们一起做坏学生,简直是鄙弃她们的意思。

只有丽华,在她前后转来转去,好像找着个同志了,也许因为自己从来没有看过画了脸跪着顶水桶的狼狈相,她兴奋得左盯右瞧的。地上的水彩也让她捡去了,宝贝似的收着。她并且不时偷跑到走廊上去溜两遭,似乎要引起隔壁班上同学注意,陈丽华今天没罚跪,跪着的是别人。

那一整天老师都没来上课,只叫班长看着我们自习。

老师后来仿佛又买了奖品送给温玉云,她说她死都不要。

阿娇后来留级了,因为老师不给她毕业,她们那一届的人不叫她阿娇,只叫她红鬼。不知怎的,她第二年仍没有毕业,后来跟她同班的人大概不知典故,竟叫她“红龟”。想来一方面是音误,另一方面可能是觉得她读了三次六年级,算得上是三朝元老,命长如龟,所以就这么叫了。

那年夏天不久就莫名其妙地结束了,我们那据说是应该很愉快、很纯洁、很黄金的年代就如此结束了——不知为什么,似乎所有的考试和升迁,所有人间竞争和攻伐总在夏天,世界上好像有烧不完的夏天,郁苦的、窒塞的,被许多阴惨的故事染成瘀红色的夏天。

最后的麒麟

——夫春秋,始于鲁隐公,而止于获麟

那一年,鲁地的春天特别凄迷,蒙然的飞絮不断地笞打在人们的春衣上,整个城都陷在一种幻灭性的美里。

那一年的春天有特别多的花,特别多的雨,特别多的无奈,在鲁地。

那天清晨,仲尼站在多风的廊间,他已经是一个老人了,他萧然的白发在风中瑟瑟地响着,那些风使他感到沉重。

他是一个颀长的人,现在仍是,只是对着那样的早春,坚强如仲尼的人也不免感觉软弱。

上午的稀释的阳光在廊前徘徊,廊中无阳光,廊中只有淡淡的阴影,仲尼换了一个姿势站立,虽然已经七十一岁了,他仍然有一张容易被人看出表情的脸,他有些焦急,管山林的还没有来,他所说的"不祥之物"是什么?他的手心沁着汗,汗里沁着忧惧。

他已经站立很久了,他是一个寂寞惯了的人,但那天早晨他仍然尖锐地感觉到一种新的寂寞。

他穿着一袭长袍,右边的袖子略比左袖短些,而且也显然破敝些。他

正在写一部书，眼睛里犹存着一个写作者特殊的狂热与疲倦。他的神情凄苦，满脸风霜，但从他站立的姿势可以看得出来，他仍然保全着十五岁少年的强烈自尊。

风在吹，自千山的岩穴，苦寒的冬日已过去，远远近近的啼鸟把春天叫得一片凌乱。这是特别长的一个冬日，那些落雪的日子里，他不断地写着，一个字一个字地煎熬自己，也许这是最后的一冬了，他老是梦见自己坐在两楹之间，生死之间。而现在，冬日已尽，春天忽焉而至。

趁着风，小孩子们在远处喧闹的声音清晰得如在前庭，小孩，他的心里突然涨起多棱多刺的痛苦。他想起鲤，他那先他而去的孩子，那些年当他汲汲惶惶，席不暇暖的时候，鲤是一个模糊的影像。那些年他们多么陌生，鲤是胆怯而又张皇的，他永远不能忘记有一次，鲤那么躲避地从他面前经过，他却故意叫住他，问他有没有读诗的时候，他那副失措的苦脸。

鲤也许可以很快活的，如果他生在一个老农的家中，如果他不是一个理想主义者的儿子，如果他是他父亲的全部。而鲤是无辜的，多年的贫穷使他在体力上无法承受那些压力，他终于死了；留下父亲仲尼，留下儿子子思，留下不属于他的辉煌。

而现在，在这样凄迷的早春，在孩子的欢笑声中，他想起鲤。其实不幸的何止是鲤，不幸的也是他自己，不幸的是仲尼，不幸的是斥乎齐，逐乎宋卫，困于陈蔡之间的仲尼，是被拒绝的仲尼。是弟子三千而犹然寂寞的仲尼。

是的，寂寞，颜渊死了，鲤死了，而自己活着，为一部书而活，为最后的理想而活，为那个时代的见证而活。鲁地的春天艳绝凄绝，颜渊已死，鲤已死。

管山林的人还没有来，来的只有骀荡的春风，只有逝去的七十个春天的回忆。

那一年,那是很久以前了,仲尼和四个弟子闲话,曾晳鼓着瑟,鼓一脉似乎有心又似乎无心的高山流水,忽然,他推开瑟,推开满座的音乐:

"我不这么想,我不属于千乘之国,"他说,露出淡得看不见的笑意,"我只想,也许有某一天,某一个暮春三月中最绚丽的日子,我会穿着新裁的春服,邀上五六个年轻人,六七个小孩子,浴于乍暖的沂水,并且站在祈雨台上迎向扑人的清风,我们就那样一路歌咏着回家。"

仲尼站起来,他感到一种被击中要害的疼痛和慌乱。

"点(曾晳名)!"悲哀迅速地哽住了他,"点,我也愿意!"

点的梦很平凡,点的梦很质朴,点的梦很难。点啊,年年春天,沂水清而暖;年年春天,祈雨台上的春风成阵,点啊,我们却在哪里? 在道路中? 在尘沙下? 在斥乎齐,逐乎宋卫而困于陈蔡之间的命运里?

点啊,你的瑟呢? 你的音乐呢? 你的梦呢?

管山林的为何还不来? 快近中午了,他难道忘记了吗?

他往前走了几步,庭院中的小草刚刚酿出一些绿意,初蓝的天澄明如一块浸在水中的玉,道路伸向远方,远方什么也没有,近处也什么都没有,只有自己的影子,跟他站在同一个地方,他望着自己的影子,忽然想起那一年在郑国,走失了弟子,一个人独自站在城的东门口,被几个乡下人看到了,他们跑去告诉子贡:

"那里有一个人,站在东门口,额头突出,像尧,脖子像皋陶,肩膀像子产,下半身比禹短三寸——而且,汲汲危危,像条丧家狗。"

子贡立刻赶去,他知道准是仲尼。

仲尼听到乡下人口中的自己,笑了,多么惟妙惟肖的画像,一条丧家狗。

道在何处？真理在何处？春秋大义在何处？去鲁十四年，舟车劳顿，被各国国君列为宦官和女子之外的一种娱乐，被嫉妒，被倾轧，算起来又何止是一条丧家的狗呢？而此刻，他低头看自己的影子，看那沉沉的阴影，看那凝重的悲哀。

七十一岁，仍然是未尝被估价的美玉，仍然是未尝被食用的瓠瓜，仍然不遇，仍然寂寞。

怎么还不来，怎么还不来，那管山林的人。

这些年，日子是不太平静了，该没有什么危险吧？战争开始流行了，屠杀开始高明了，人心开始崩溃了，该没有什么危险吧？那管山林的人。

吴和越，宋和曹，是什么仇恨让他们想彼此毁灭？所有的国家什么时候结盟，就什么时候互相暗算。所有的谋臣什么时候奔走，就什么时候制造战乱。人人都想弭兵，人人又同时想霸天下，天下是愈来愈溷乱了。连齐桓、晋文的作风也不复可求了。

而鲁国是弱小的，这些年来，鲁国是杨木，是在四方的风中簌然发抖的，是附于楚则晋怒，附于晋则楚来伐的可怜植物。天下无道是很久了，很久了。

很久，很久，从远方的沙尘里，出现了那人的影子，那人骑着马，在春日不尽的清尘中又加上马蹄溅起的滚滚黄尘。

"夫子。"他翻身下马，以一种真正的恭谨望着仲尼。

那是一种怎样的眼光，他不止是在看一位乡长，不止是在仰瞻鲁国的旧司寇，不止是在钦慕诲人不倦的教师，他是在看一位先知，一个可以被信托的人。

"带来了吗？"仲尼垂下头，避开那双让人心悸的眼。

"是的，就在这里，在这束白茅草里面。"

"是谁猎到的?"

"叔孙钼商,那天他们都来了,各人都猎了不少,"他把东西放在地上,一面去解草索,"但这只怪物是那个叫叔孙钼商的射中的。"

"他们叫它什么?"

"没有,他们只说是个不祥之物,"他一面解,一面望着仲尼,"他们不认识,我想你一定认识,夫子,我就这样来了。"

他已经把绳索全部解开,退到一边。

忽然,真相变得如此明显!

阳光直射,阳光如箭,阳光像要剜出人的双目。

阳光下那动物柔长的毛闪着悲哀的金光,阳光下,它的眼睛闭着,留下一曲极美的线条。阳光下那伤口瘀着血,一种难看的黑褐色。

"它是什么?"山林管理员好奇地问。

仲尼缓缓地抬起头,远处有山,远处有云,远远有迷惘的春风,这世界竟忍心这样美!

"它是什么? 夫子,"山林管理员垂手而立,"我从来没有见过这样的东西!"

它是什么? 它是什么已经无关紧要了! 它是什么都一样了,所有死去的东西都一样,都只是一个尸体!

"它,它是鹿吗?"

哈,鹿,仲尼悲哀地笑了。

阳光更烈,阳光如炬,阳光如爆响的炉火。空气中似乎腾起那种劈啪的噪音。

安静着的只有那只不为人识的动物,只有它那美丽而开散如一束玉米穗子的长尾,只有它那油亮坚硬如野马的蹄甲,只有它那只温柔如蓓蕾的肉角。

"也许不是鹿,它比鹿大。"

仲尼蹲下身去,他的深陷的眼睛在正午疯狂的阳光下像一双无底的洞穴,洞穴中深藏着那只安静疲倦的动物:

背上是五彩的长毛,多么耀眼的五彩。多么令人眩晕的五彩。而腹上却是一片纯洁的黄。它真的很漂亮,正如古籍里描述的。如果它没有死,如果没有那样可怕的伤口,如果它此刻仍在原野,如果它正在浅水处跳跃,那么,阳光下,我们将不会看到任何生物,我们只能看到一带闪烁的虹霓,在水上,在水中。

而现在,它躺着,它死了,所有的意义被折断,它只静待命名,然后掩埋。

"夫子,它真的不祥吗?"

仲尼跳起来,他的又深又大又长的眼睛里透露着憎嫌,他的阔嘴闭成可怕的一线。他的白发在四面无限的春景中苍凉地白着,使他看来疲倦而松怠,像一面用旧的旗。

"夫子!"

七十一岁的仲尼,终于明白什么叫作"老"了。

那些年在道路上,那些年在烈日下,他不知道什么是疲倦。那些年在众人的嘲笑中,在隐逸之士的唾弃中,他不知道什么是怀疑。那些年他贫困,那些年他被拒,但他不知道什么是途穷。

而刹那之间,他眼中的灯火熄了,他心中的鼓声断了。

正午的阳光西斜,黑暗遂一寸一寸地进行。

"夫子! 夫子!"

"去吧!"他说,声音涣散空洞而平静,"去告诉他们,死去的是麒麟,他们杀死的是只麒麟。"

忽然,他转过身去,放声恸哭了。

"是麒麟,是麒麟,天啊,怎么办呢?"他重复地号叫着,一如老人,"是麒麟,是麒麟……"

"夫子,不要,不要这样,这只是一只麒麟,山林还在,麒麟不会死光的。"

"不,再没有了,再没有了,历史上再不会有麒麟了,我们已把最后一只杀了,听着,是我们自己的愚昧把最后一只麒麟杀了!再没有了。"

"可是夫子,麒麟活着的时候,我活着。而现在,麒麟死了,我仍然活着,麒麟并不重要!"

"但什么是活着,四海之内,吃老米饭的人都活着,但什么是活着?我活了七十一年,我是在等待中活着,我等待那样一天,我等待天下有道。老弟,我是这样活的。"

"我们活,不是靠日间的食物,我们活,是靠夜间的梦幻。我们等待着河图,我们等待着洛书,我们等待着澄明的日子,我们等待着麒麟,我们等待那个'不履生草,不食生物,待圣人出王道行则出现'的麒麟。"

"而今呢,河不出图,洛不出书,凤鸟不至,麒麟已死!最后的麒麟已被杀死!被一个卑微而愚蠢的人射死,我敢说,如果上帝可以做肉脯,他们是连上帝也要射杀的。"

山林管理员默然俯身,重新用白茅草包扎刚命了名的麒麟。

"我会告诉他们是麒麟,"他用一种歉意的目光望着仲尼,"他们会好好礼葬它的。"

"礼葬?是的,他们还会纪念整个事件呢!他们会把杀死它的地方命名叫获麟堆呢!葬礼是什么,只不过是一种最无情的死亡宣告!一种最残忍的死亡证明!"

山林管理员匆忙地向仲尼行礼,然后举起那沉重的尸体。

"我去了,夫子。"他说,他多筋的脖子上迅速地爬上汗和泪。

仲尼俯首答礼,他再看不见那五彩的麒麟了,渐去渐远的只是一堆茅草包裹的猎物,冷硬而僵直。

太阳西斜,太阳走向死。

仲尼反身,小屋中尚有他散乱的竹简,他的梦,他七十一年长长的等待。

"十有四年,春,西狩获麟。"

他匆促地写下最后一句,感到前所未有的疲乏。七十一年来累积的疲乏。

"吾道穷矣。"他说,他哭了,他又想起颜渊。

颜渊,颜渊死的时候他只是悲恸,他只说"天丧予",而现在,他说"吾道穷矣"。他明白了什么是绝望。绝望比悲恸可怕,比死可怕。

"十有四年,春,西狩获麟。"

他又读了一遍,嘴角泛起凄凉的笑意,渐渐地,笑纹下垂,泪水重新涌出。泪水滴在竹简上,成为整个春秋经结束的句点。

"麒麟,最后的麒麟,历史结束了,麒麟。"

那一夜,仲尼仍然做梦,他已梦不见周公,梦不见沂水畔的春天,他梦见坐在两楹间的自己。

麒麟已死,春天已经封笔,仲尼已老,在春色凄迷的鲁地,在鲁哀公十四年。

人　环

　　阳羡许彦于绥安山遇一书生,年十七八,卧路侧,云脚痛,求寄鹅笼中。彦以为戏言,书生便入笼,笼亦不更广,书生亦不更小。宛然与双鹅并坐,鹅亦不惊。彦笼而去,都不觉重,前行息树下,书生乃出笼谓彦曰:"欲为君薄设。"彦曰:"善。"乃口中吐出一铜奁子,奁子中具诸肴馔……酒数行,谓彦曰:"向将一妇人自随,今欲暂邀之。"彦曰:"善。"又于口中吐一女子,年可十五六,衣服绮丽,容貌殊绝,共坐宴。俄而书生醉卧,此女谓彦曰:"虽与书生结妻,而实怀怨,向亦窃得一男子同行,书生既眠,暂唤之,君幸勿言。"彦曰:"善。"女子于口中吐出一男子,年可二十三四,亦颖悟可爱,乃与彦叙寒温。书生卧欲觉,女子吐一锦行幛遮书生,书生乃留女子同卧。男子谓彦曰:"此女虽有情,心亦不尽,向复窃得一女人同行,今欲暂见之,愿君勿泄。"彦曰:"善。"男子又于口中吐一妇人年可二十许,共酌戏谈甚久,闻书生动声,男子曰:"二人眠已觉。"因取所吐女人还纳口中,须臾,书生处女乃出谓彦曰:"书生欲起。"乃吞向男子,独对彦坐。然后书生起谓彦曰:"暂眠遂久,君独坐,当悒悒耶?

日又晚,当与君别。"遂吞其女子,诸器皿悉纳口中,留大铜盘可二尺广,与彦别曰:"无以借君,与君相忆也。"……

——(梁)吴均《续齐谐记》——

巳时才刚过,总得挨一阵子才到中午,也许因为是暮春,许彦感到空气里蒸腾着近午时分才有的那段躁郁。他放下担子,不安地脱下小袄,挂在柳树上。

太阳穿过堆烟似的千丝万绪,顷刻间变成了一片悒悒的绿色。

鹅笼里有两只鹅,刚才挑着的时候倒还安静,现在放下,反而聒噪了起来,笼子本来就不大,许彦觉得自己简直是挑着一对同命相依的患难夫妻。但没想到,刚放下来,一对鹅便挣扎着想出去,母的那只连脖子都伸出来了,脖子被竹眼卡住,弄得进不去,出不来,只顾呷呷地叫。

许彦坐在一截树根上,扭过头去不理它。大地是青湿的,太阳是红炕的,许彦觉得自己是天地间的一团面饼——没有翻过的饼。一边已烤得崩干欲裂,另一边还是可厌的黏糊。

"出门往东走,"早上临走的时候老夫人交代了又交代,"过了重溪就往南,约莫晌午,也就该到了,可别贪玩,误了时辰。王家门口有棵大槐树,到那儿一打听就知道的。"

许彦应着,脸上无端地烫热起来。其实少爷也是从小侍候惯的,少爷提亲王家大姑娘也来来往往地说了有三个月了。但真的要纳礼,许彦还是感到意外。想到这会儿把鹅担过去,不知怎的就会想到过不久就要把新娘子抬过来,这么一想,每一步路都染上一层绮艳,倒仿佛一早上都走在一间门窗深扃的桃色新房里,忍不住地耳热心跳。

"彦儿,"老夫人想得倒也周到,"你也别嫌我偏心,这两年年成不好,好歹等小少爷先成了亲我再给你讨房媳妇。我是没把你当下人待的。"

许彦低着头，觉得自己连头皮都红遍了。

许彦跟少爷同年，比少爷大两个月，过了年两个人都就二十三了。

太阳升得更高，直劈劈地从柳树上往下压，一片柳树，像一片碧色的烟罗帐。

"也不嫌烦人，"许彦蓦地踢了鹅笼一脚，一面生气地把那只母鹅的脖子往里塞，母鹅也许叫累了，一时竟也安静下来。

许彦挑起鹅笼就走，不知为什么，歇了半天也只觉愈歇愈热。走了两步，刚绕过几棵柳树，蓦地看到少爷正穿着家常衣服坐在地上，许彦吃了一惊。

"少爷，"许彦叫了一声，匆匆放下鹅笼，那两只鹅突然一起大声叫了起来。

"我不是少爷，"坐在地上的那一位被惊动了，缓缓地回过头来，"我害脚痛，只好坐在这里。"

许彦愣住了，水青的衫袖，托着一张白皙的脸——可是他说他不是少爷。

"认错人了。"许彦深揖了一揖，重新去挑他的鹅笼。

"认错了也是缘分，"那书生坐直了身子，"我脚痛，你就让我在鹅笼里坐一坐吧！"

"什么？"许彦忍不住地望了鹅笼一眼，两只鹅，已经挤得满满的了——即使笼子里没有，也不够坐一个年轻的男人，即使够坐，那细薄的竹篾篓也承不起他的重量——这人莫非有什么毛病。

"我的脚痛，走不动，"那人眼巴巴地望着许彦，"真是走不动，我只坐一会儿就行了。"

许彦不知所措地站了一会儿，忽然含混地应了一声好，一面飞快地担起鹅笼拔脚就跑，跑了几十步，转过桥，才停下来。

"多谢盛意。"

许彦猛回头，不意那少年书生竟是坐在鹅笼里向他说话的——天，他什么时候钻进来的？怎么一点重量都没有，而且最奇的是笼子并没有撑大，书生也没有缩小，连那一对鹅也没有惊吓的表示。

这件事整个是不可思议的！

"大概不是鬼，"许彦按下自己惊呼的冲动，打量着他，"没有人在午时会碰上鬼的。"

"我的脚偶然扭了，"那书生唠叨地重复着，"午饭就由我表示一点敬意吧！"

"这村野地方哪来的酒店？他只不过说说好听罢了。"许彦低头看了一眼自己腰上系的烙饼，懊丧地想，"我连饼也得贴上了——可是他应该是术士，术士不吃饭应该是可以的。"

许彦感到异样的饥饿，刚才在柳树下就该把饼吃掉的，当时只顾想着吃早了下午会饿——这下好了，半路上蹦出这么一个人来分你的口粮。也罢，如果运气不太坏，到了王家纳完礼，也许还能分到一点茶食。

总是饿，仿佛这就是生活的内容，白天饿的是肚子，夜晚饿的却是比肚子更严重的欲。白天的饿是一串麻烦的循环，夜晚的饿却从来没有饱过——也许有一天，譬如说，老夫人所说明年里娶媳妇的那一天，就饱了。不过，当然，那种事大概也跟吃饭一样，饿了饱，饱了又饿，如此而已。

他放下担子，到溪沟里去喝几口水，回头一看，书生已经不在笼子里了，他正诧异着，忽然听到书生客客气气的声音。

"你先坐下。"

许彦一惊，这才看清楚，书生已经不知什么时候站到他身边来了，顺着书生的手，他看到摆设整齐的三块石头，刚才好像没有，不过也记不那么真切了——反正整个事情都是不可思议的。

"你先坐下。"书生坚持道。

许彦和书生相对坐下，许彦的手按在放烙饼的袋子上，犹豫着不知该不该拿出来。

"今天，我做东，"书生说，"意思意思，不要见笑。"

"好的。"

书生望着许彦，诡异地一笑，忽然，他的微笑扩大，嘴巴张开，飞出一道小小的金光，金光渐旋，及至落到地上，才看出来是一个铜奁，里面整整齐齐地摆着酒和肉。许彦不服气地按捺着自己的惊讶，勉强镇定着。

"请用，"书生不动声色地举起酒，仿佛根本没想到那一番惊奇的法术，也许他只得意地想等着看别人的惊奇。

许彦沉住气不叫，他缓缓地举起酒，并且闻到了很真实的酒香，不觉宽了一下心——酒香至少还是他所熟悉的。

"担着鹅笼赶路，"书生礼貌地探询，"兄长想必有事吧？"

"是啊，给我家小少爷纳彩。"

"恭喜了。"

"订的是王家小姐，人品很不错。"

书生又诡异地笑了。

"你自己呢？"

"我？轮不到我。"

"我叫我女人出来给你看看。"

许彦忍不住地四面张望，却只见书生又是一张嘴，一个衣服绮丽的女孩子就走了出来。女孩的衣服差不多整个是金色和红色的组合,映着正午的阳光,看起来几乎连眼睛也是金闪闪的。许彦拘谨地低下头去。

女孩自自然然地站到一边,拿起酒壶,愉快地斟起酒来。

"她叫贞娘,也跟了我几年了。"

许彦低着头夹菜,他不太敢喝酒了,每次他刚喝一口,贞娘就给他加添一点。他忍受不了贞娘靠过来的刹那。奇怪的是那女孩的衣服虽是那样夸张的灼艳,但给人的感觉仍是端庄凝静的。

"你也坐下来吃吧!"书生说。

贞娘顺从地坐在第三块石头上,位子刚好是许彦的对面。许彦注意到她咀嚼时红唇在那样美好地颤抖着,但她最撩人的还是斟酒时脸蛋浸在酒盅里的那种微微洸漾的感觉。

"你早晚也该找个女人。"书生渐渐有了几分醉意,而且似乎也不脚痛了,倒显出一副神采飞扬的样子。

"要是你会这些法术,你又为什么一定要坐在我的笼子里?"许彦有几分生气地望着他,"会法术的人也会扭着脚吗? 会法术的人就算扭了脚也该会自己想办法——你也许只是故意找借口,你只是在无聊的路途上找个人来卖弄卖弄就是了。"

"你要是跟我修炼,"书生的眼睛忽然黑压压地逼过来,"这些都不是难事。"

许彦伸手去摸烙饼,饼还在,那种谷物的触手粗棱的感觉也在。许彦转头去看贞娘,贞娘忽地背过身去整理一块玉佩。

"再说吧!"许彦虚弱地应着,一只鹅受惊似的大叫了起来。

"也好,"书生愉快地拍了两下手掌,"贞娘,来,我醉了,要歇一下,东西你收拾收拾。"

贞娘应声走了过来，顺手折了一大把柳条给书生当枕头，书生几乎是头一着枕便醉呼呼地睡着了。

"我讨厌他，"贞娘走过来，满脸的卑顺像面具一样地卸落了，"他是一个自私的人，我跟他结发几年了——可是我还是恨他。"

许彦大吃一惊，偷眼望了望睡着的书生。

"你不用怕他，"贞娘一面说，一面把玉簪拔下，一头青丝"扑"的一声落下来，冲到腰上才停，"他那点本事，我也行。"

不知为什么，贞娘拔簪的动作太快，太夸张，让他想到拔剑，他几乎感到脖子一凉。

贞娘放肆地笑了。

"喏，你瞧，"贞娘的一身金红在笑声中忽然颤作金蛇万条，"我还有个心腹人呢！"

说着，她一清喉咙，当即吐出一个男人来。

那男人和书生不一样，年纪看来比书生大了六七岁，不如书生细致白净，却也不算粗野，一双剑眉长得浓浓的，似乎没有它就不足以镇压那张飞扬跋扈的脸，微黑的肤色中透出漂亮的棕红。

"原来你也会吐人。"许彦极力自恃着，不露出惊惶的神色。

"当然会，谁能跟他这种人过日子而不生二心！"

"他也总还是拿你当心上人看待的。"

"不是，"贞娘低声地分辩了一句，眼睛也红了，"他没心，他会法术，我受了咒，没法子，他想吞我就吞我，我可落着什么好。"

"贞娘，你也别多想了，有我在，日子也还不坏，"那男子温柔地靠过来，因为长得粗犷，说起温柔的话来别有一种令人在错愕中动心的力量。

"我要是有你们这种本事就好了，"谈了几句话，许彦的胆子慢慢大了起来，"你们从哪里学会这些法术的？我要是会，不是老婆粮食一下都有了？"

"也难说，"贞娘提起酒壶，也不用酒盅，大口地喝了几口酒，"那书生吞了我，我把他那一套偷学了，我又吞了李生——也难保李生肚子里没有女人。"

"姐姐，你这就冤枉人了。"李生一把抢了酒壶，不要命地灌了一阵，连脖子也挣红了，"你是会法术的，我几曾会过！而且，有姐姐这样的女人，我又还要谁来着。"

"难说，"贞娘斜甩了他一眼，"算了，谁跟你计较这些。"

李生显然还要争辩，让贞娘用一个利落的手势回绝了，忽然，贞娘"咳"的一声又吐出了许多瓜果。

"这些桃子、杏子、樱桃、枣子都不稀罕，"贞娘说，"倒是那大瓜难得，西域来的西瓜，又甜又红，跟蜜酒似的。"

许彦和李生不觉多吃了几片，许彦不时偷看那书生，万一他猛然醒来怎么办？

贞娘在撕一枚黄杏的薄皮，撕好了，一把塞在李生的嘴里，李生只呵呵地笑着。

书生仍躺在青烟似的草地上，一头青丝陷在柳丝团成的枕头上，看来简直有几分不真实。

那两只鹅悄悄地从洞眼里伸出头来吃草，太阳烘着，不顶热，但不知为什么，所有的颜色都浅淡了下去，仿佛再开不久就要融化了，白鹅会融掉，贞娘的一身金红会融掉，李生会融掉，书生会融掉，许彦觉得自己也会化掉，化入一片青色的春野。

淡淡的春野里，本来一个人也没有的，但为什么无端地冒出这一串人套人的"人环",而显然地,似乎不知在哪一刹那,人环也会神秘地消失。

"贞娘。"书生动了一下,含混地叫了一声。

贞娘的脸立刻惨白了,她迅速地站起来,吐了一道锦绣屏风,匆匆地对李生说:

"我先进去,你收拾一下——他叫我。"

李生漫应了一句,动手把剩下的瓜果收拾了一下。

锦屏里面传来书生和贞娘咿唔不清的低语,许彦坐不住,走过去抚弄一只鹅。

"别管它们,"李生收拾好了,满脸透着酒意,"你看,我自有主意。"

许彦几乎还来不及回头,只见李生一伸脖子,又吐出一个女孩子来了。许彦看不清楚她的眉目,只直觉地觉得她是软的。她差不多是用一个柔软的翻滚动作把自己"流"到草地上去的。她全身穿着鹅黄的软缎,不胜柔弱地依傍着青草,像一摊打翻的蜜。

"我有我自己的人。"李生骄傲地搀起那女子,"她叫蜜姬,贞娘很多情——只是我不喜欢她。"

"又是不喜欢!"许彦惘怅地瞅着眼前这漂亮的一对。

蜜姬身材比较娇小,看李生的时候只得仰着头,一副痴憨的样子。许彦这才看清楚她皮肤白得近乎透明,小尖脸,一双惹人怜爱的小红唇,有点让人猜不出年龄。

蜜姬似乎不爱说话,李生说话的时候她就看李生,李生不说话的时候她就低着头看脚尖。

蜜姬简直什么都是尖的,尖脚、尖手指、尖鼻子、尖下巴、尖嘴唇,那些尖似乎正在成熟,也许有一天那些尖都会变圆——蜜姬的动人处正在于这种瞬息可能产生的熟化过程。

锦帐之内又传出暧昧的咿唔的声音,蜜姬的小脸垂得更低。

"蜜姬,"李生递给她一把枣干,"别管他,给我们唱支曲子吧!"

"唱什么?"蜜姬顺从地望着他。

"唱什么都好。"

"唱'孤儿行'好吧?"

"什么?"李生眉毛一紧,"怎么想起来的,谁是孤儿呀!换个别的吧!"

"唱'有所思'吧!"

"唔,好。"

李生说着,当即吐出一个琵琶,蜜姬熟练地抱起,调了一下弦,整个脸忽然悲戚起来。

"有所思——乃在大海南。"

"咦,就是那首后来什么'闻君有他心,拉杂摧烧之,摧烧之,当风扬其灰'的那首?"

"是啊!"

"这首不好,再换一首。"

"陇头歌辞怎么样?"

"不好,不好,你今天怎么了?"

"唱'西北有高楼'好不好?"

"算了,就唱这个吧!"

"西北有高楼,上与浮云齐。"蜜姬的脸扬起,简直跟歌中的楼一样孤寒高绝。许彦差不多完全相信她腹中不可能有藏人的秘密。她是寂寞的,像一座不知名的高楼,由于太高而不能不寂寞。

"交疏结绮窗,阿阁三重阶。"

"上有弦歌声,音响一何悲……"

听着,听着,许彦感到蜜姬在哭,他猛然抬起头来,蜜姬没有哭,只是眼角有一点湿意。

李生也惊觉了,他站起来,走向蜜姬,弦崩然一声断了,蜜姬的歌声一下子遭锯截似的停在半空中。

"西北有高楼……"

忽然,李生僵硬地推开蜜姬——大家同时都听到贞娘的咳嗽声,一种警告的咳嗽声,李生凑近屏风窥视着。

"他们要醒了!"

"蜜姬姐姐!"许彦大着胆偷问了一句,"你会不会吐人,你们一路套下去究竟套了几个人?"

蜜姬摇了摇头,眼角更湿了。许彦忽然发觉她的脸异常淡薄,没有欲,没有爱,没有信任,甚至没有恨。她分明被套在这三个人的最里层,但显然地,她又包容着这三个人,用一种透视的眼光看着环着她的一层一层的男男女女。

等李生刚一转身回来,蜜姬立刻会意地抱起琵琶往李生嘴中跳进去,她极利落,一种无怨无嗔的平静。

忽然,贞娘匆匆闪出屏风,把李生和剩下的瓜果一起吞了下去,并且把锦屏风也吞下去了——她吞得非常快,几乎是一种职业性的熟练,许彦睁着眼,站在一旁。

贞娘正收拾着杯盏,书生慢慢地走了过来。

"进来吧,时候不早了。"

贞娘稍整衣带,顺手把头发一挽,用一种毅然的神情把玉簪往头上一插,然后纵身一跳。

"我睡了一觉,暮春天气真好睡。"书生说,"真过意不去,你一个人坐着一定很无聊吧?"

"一点都不无聊。"

"还有,学法术的事怎么样?"

"我不打算学。"许彦垂下了眼睛。

"不学也好。"

书生不再说什么,径自把杯盏往嘴里吞,最后,剩下两个直径二尺大的铜盘,他放在手里把玩一会,忽然说:

"这个送给你,做个纪念。"

许彦道了谢,接下了,铜盘又大又亮,许彦在两张盘里看见自己交错的脸。

放下盘子,许彦正想赞美几句,忽然发现连书生也不见了,整个一串"人环"竟倏然而灭,绿漫漫的一片涨到天边的春草里,只有两只关在笼子里的白鹅显得异样的真实。

许彦恹恹地挑起鹅笼,他终于想起他出来是干什么的了——他得去王家,给少爷纳彩。

到底只是春天的日头,才过正午,许彦已经一点也不觉得燥热了。

拜 月 亭

一眼望去，整条路上都是哭娘喊儿的凄惨难民。蒙古的铁甲大军南下，金兵抵抗不住，朝廷整个南迁。

但不管蛟龙如何缠斗，受苦的永远是小鱼小虾。

苦雨又没完没了地落着，对那些仓惶出走的身无长物的小老百姓而言，更增加了他们的狼狈。

瑞兰和母亲也跟着队伍往前蹭蹬，身为兵部尚书的夫人和女儿，她们几曾受过这样的苦？雨把她们全身淋得透湿，她们小巧的金莲本来只适合养在绣花鞋里，现在却在泥泞中，像爬地狱里的油滑山一般，使她们每一步都痛彻心脾，精致的绣花鞋此刻已是分不清鞋底和鞋帮的烂泥团。

可是，路还是要走下去的，父亲匆匆丢下她们，做人家的臣子在危急的时候是没有权利顾家的。

忽然，混乱中冲过来一股人潮，有人跌倒了，有人的东西散落一地，有人被人马践踏，有小孩惶惶大哭。

"娘!"瑞兰忽然惊恐地尖叫起来，她站不住脚，身不由己地往前冲个不停，糟糕了，这一冲，乱七八糟的队伍里又去哪里找娘？

"瑞兰!"王夫人也焦急欲死,但吵嘈的人群里,每个人都在呼叫自己的亲人,每个人却都听不清那些凄厉的声音到底叫些什么。

"瑞兰,你在哪里?"天渐渐黑了,王夫人忧心如焚地在继续寻找女儿,兵荒马乱,她不敢想象年纪轻轻的瑞兰一旦走失会受人怎样的欺负。

忽然,一个女孩急急地穿过人群到她面前。

"瑞兰,你——"忽然,她停住口,"啊,你,你不是瑞兰——"

"我,我听错了,我以为你在叫我。"女孩满面泪痕,满眼凄惶,却不失其文静娴雅。

"你是谁?"

"我叫蒋瑞莲,刚才跟我哥哥冲散了。"

两人把话说清楚了,瑞莲却趑趄着,好像没有走开的意思。

"唉,也算是缘吧!"王夫人叹了一口气,"我们就做伴一起走吧,你就算我的义女好了,我们一边走一边找瑞兰吧!"

而在这千里绵延的人潮里,另有一个人正在高声叫着瑞莲的名字,命运却把一张美丽仓惶的女孩的脸孔带到他面前。

"你,你为什么叫我?"

"我叫的不是你,我在找我妹妹蒋瑞莲——你也叫瑞莲吗?"

"我叫瑞兰,我跟我母亲走失了。"天愈来愈黑,她从来没有在这样陌生的地方跟陌生男人谈话,但四下的环境那样险恶,而眼前这个男子看来还算温和英俊,一副读书人的斯文模样,何况他还在那样友爱地寻找自己的妹妹,如果母亲一时找不到,跟这个男子在一起也许不失为一个办法……

但他似乎急着走开。

"秀才……你……带着我一起,好吗? 就,就当我是你妹妹瑞莲。"

"不行啊,别人看了也不相信,我们两个人的口音完全不一样啊!"

"那，那姑且说——"

"姑且说什么？"

"姑且骗人说是夫妻。"瑞兰整张脸都红了起来。

"好吧！"他不露声色地应了一声，显得非常君子。

其实，他一直在想办法让她说出这句话来，从第一眼看到这个女子，他已经偷偷地喜欢她了。

两个人都不识路，只知道一路往南逃。这一天，他们经过一座虎头山。

"这山好险恶啊！"瑞兰觉得有些害怕。

"喂！留下买路钱！"果真有一群强盗从草丛里跳出来。

"钱？我们自己都没有了，哪里还有钱给你们？"

"这是我们虎头山的规矩，没有钱别想我们饶过你们！"他们一面说着，一面露出明晃晃的兵器。

"啊，我蒋世隆空负才学，竟然会不明不白地死在这种荒山野岭上吗？"

"什么，"强盗头目忽然走下位来，"你说你姓什么？你抬起头来我看看——哎呀！真是哥哥，恕小弟无礼。"

他说着赶紧上来松绑，蒋世隆倒是呆了。

"你弄错了吧！"

"不，哥哥忘了，我是陀满兴福啊！那时皇上听了聂贾列那老贼的话，要避开蒙古兵举国南迁。我父亲主战反被当作奸臣，一时陀满家三百口被杀。我因在外，算是逃了命。那时全国贴着我的图像要缉拿我，我藏在哥哥府上的花园里，躲过追捕，后来哥哥发现我，宁可不要悬赏，也要护卫忠良之后，蒙哥哥不弃，跟兴福结成异性兄弟……"

"是的，是的，我想起来了，可是你的样子变了，我不认得你了——"

"连我也不认得我了，没办法，走投无路，也只好落了草。说也奇怪，这里本来有五百人众，有一天，他们发现山里有一顶金盔，大家就相约谁能戴得上谁就做王。不料那金盔很特别，人人都戴得头疼脑涨，没想到我路经此地被他们拿住试戴，居然这顶金盔让我戴起来，就像定做的一样合适，所以，所以……哥哥身边这一位是——"

"是——是我浑家。（注：浑家即妻子）"

"啊，嫂嫂。"陀满兴福深深一拜，"失敬了。"

瑞兰的脸色有着显然的厌恶。

"你哪里搞出这个贼兄弟？"她气呼呼地耳语，"我不喜欢。"

虽然蒋世隆很君子风度，两个人一路上也很清白，但不知不觉，她竟管起对方的事情来了，像一个真正的妻子。

"他其实是个人才。"

"我们走吧！"她的态度很强硬，而且说"我们"也说得很自然顺口。

"兄弟，没想到在这里遇见你，"蒋世隆站起来，"但我们还要上路，后会有期了！"

"哎，哥哥难得遇上了，竟不住住吗？呀——一定要走吗？也好，但是这包东西哥哥一定要收下，这里是黄金百两，别推了，路上总用得着的。"

他们一起走下山来，蒋世隆没有想到自己会这样听瑞兰的话。

进贡的问题解决了，蒙古军班师回朝去了。眼看着，日子又要平静下来。蒋世隆身上刚好又有了这笔盘缠，这天，他们投宿在一间干净的小旅馆里，晚上，两个人各喝了一点酒。

"我是个读书人，家道平平，因为父母丧服未满，不能去考试。"蒋世隆不知不觉说了很多，"我想，我总有一天会出人头地的。"

瑞兰低着头不说话。

"嫁给我吧!"蒋世隆诚恳地说,"我不要和你做'名义上的夫妻'。"

"不行。"瑞兰的声音很决绝,"绝对不行。你送我回去,我欠你的恩情,我父亲自会付给你金银。"

"我要金银做什么? 我要你啊!"

"我叫爹爹给你一个官做。"

"'给'我一个官? 你爹爹是谁? 我一路上倒没问你。"

"我爹爹啊,说起来,要是在平时,我家里不但没有你同坐同行的份,就是连你站的地方都没有呢! 他就是当今的王尚书啊,我是个守礼谨严的千金小姐。"

"哟,守礼谨严的千金小姐怎么跟个穷秀才乱跑呢?"

"你说这话什么意思?"瑞兰提高嗓门,"还不知你自己的妹妹现在跟个什么样的野男人在乱跑呢!"

蒋世隆讲不过她,只好沉默下来,过了一会,他又试探地说:

"一路上,你不觉得吗? 我们看起来真像一对好夫妻,别人看着顺眼,我们自己也觉得自然,对不对?"

"你真要娶我,先送我回家,跟我父母正式提亲。"

"时局太平了,逃难的日子过去了,如果不立刻结婚,我只怕我们的缘分立刻就要尽了。所谓侯门深似海,你一回去,谁知道我们还能不能再见面呢? 我们一起度过伤心哭泣的夜晚,我们一起走了那么遥远的路,我们一起从贼窝里捡回性命,我不要等,我们今晚就简简单单地结婚吧!"

"不要! 不要! 你为什么不为我想,你找媒人提亲,我尚书千金的节操名声才好保得住啊!"

"小姐,你太天真了。"蒋世隆有些不耐烦了,"你跟着我跑了这么久,谁会相信你是清白的?"

两人的声音愈说愈高,终于吵了起来,客栈主人及时跑来劝架,这个世事练达的老人,立刻就明白了整个事件,他也跟小姐分析事情的利害,说得头头是道,事情于是有了急转直下的改变,客栈主人当晚就做了主婚人,把一对相爱的男女撮成夫妻。

长期的苦撑,一旦松下来,蒋世隆忽然病了。接着发生更不幸的事,那天,瑞兰忽然发现一个人,身影很像家中的小厮,她试探地叫了一声:"六儿",没想到竟真的是他,六儿立刻告诉老爷,原来王尚书这天也歇在这家客栈里。父女重逢本来是好事,但骄傲的王尚书看到女儿竟私自跟个毫无功名的穷秀才在一起,便生气地把女儿强拉走了。

蒋世隆躺在床上病得奄奄一息,眼睁睁地看着岳父把妻子带走了。

回到家中,一切如常,瑞兰仍是尚书的千金小姐,唯一不同的是家中又添了个年纪相若的妹妹。两个人在同一个房檐下为同一个男人而悲伤,而她们却彼此不知道。

更深夜静,瑞兰在花园里设下香案对月祈祷,求月亮保佑蒋世隆早日康复,并且夫妻早日团圆。瑞莲发现了,一定要她说出全部的故事,才发现两个人竟是姑嫂。

时局太平了,科举又恢复了,全国的文武人才都跃跃欲试,陀满兴福在朝廷的赦令下解散了强盗窝。更幸运的是,皇上终于了解陀满当年的忠贞,而不再追捕陀满兴福了。他一路打听蒋世隆的消息,终于和蒋世隆在旅馆里碰了面。

"快把你的书温一温吧,"陀满说,"我们一起走,我考武的,你考文的。"

兴福来的正是时候,忠实的友谊弥补了爱情割伤的裂口。两个人一起到了京师,并且双双夺得文武状元。

"这次战事,皇上认为我很有功劳,"王尚书把夫人和两个女儿叫到面前,"皇上很关心我们家没有儿子,所以说了要把今年开科的文武状元招为我们家的女婿。这是朝廷恩命,太难得了。"

"爹爹,女儿是已经结过婚的人了,不管文状元武状元,女儿都不能再嫁。"

"爹爹,"瑞莲也说出了她们的秘密,"姐夫也就是孩儿的长兄,想必他也参加这次考试,指日就要出人头地的。"

王尚书哪容她们说话,他径自叫媒人去找两位状元探消息去了,武状元很高兴地接了丝鞭(注:接丝鞭即指接受了婚约),没想到文状元却很固执。

"我是结过婚有妻子的,我在磁州广阳镇的客栈里结的婚,我的妻子被岳父王尚书硬带回去了,可是,她还是我的妻子啊,我不能再娶!"

可是陀满兴福却听出一点可疑。

"你说嫂嫂被王尚书带走了,而现在这一位要招你做女婿的正好又是王尚书,这是怎么回事呢?"

媒人第二次出现的时候,说话的口气又有所改变了。

"王尚书说,婚姻的事暂放一边,明日请蒋先生到尚书府中饮一杯水酒。"

既然是小宴,便不便推辞了。

席间蒋世隆坚决不答允婚事,尽管王尚书搬出"皇上的好意",蒋世隆却坚持自己只要那个被"另外一位也是王尚书的人带走的妻子"。

而屏风后面,蒋瑞莲再也忍耐不住了。

"哥哥!"她跑了出来,又把她的姐姐——也是她的嫂嫂——一起拉出来。一家又哭又笑地说个没完。

那一对义兄弟成了连襟,那一对干姐妹成了妯娌,而王尚书一时弄不清自己是棒打鸳鸯或是成其好事的人。

在逃难的雨夜里走散亲人的悲伤往事，现在回忆起来竟也非常甜蜜了。因为王家多捡了一个女儿，而蒋家白捡了一个媳妇。人间事，有时竟会错得这样好！

杀　狗　记

　　孙荣艰困地把一只脚从雪地里拔出，站稳了，然后去拔另一只脚。开封的冬天冷得滴水成冰，每一家人都紧闭着门，对行乞的孙荣来说，日子是更难过了。从早晨，到现在，什么都没要到，衣服是单寒的，肚子是空虚的。

　　自从被哥哥孙华赶出来，已经几个月了，哥哥跟两个"赛关张"的兄弟结义，那两人叫柳龙卿和胡子传，每天像演双簧一样，唱作俱佳地一同哄着他，他们好酒喝尽，好菜吃尽，也好话说尽，柳和胡两人混得肥肥饱饱，孙华呢，满足了他的虚荣心和英雄感。

　　但柳和胡却一直提防着孙荣，唯恐孙华一旦头脑清醒就会更关照自家骨肉，而疏远他们。经过他们不停地挑拨，再加上耿直的孙荣还傻乎乎地不断去劝谏兄长，没几天，就被赶出门来了。

　　除了哥哥在盛怒中掷出来的几本书，孙荣竟一无所有。哥哥每天美酒肥羊，而孙荣只能沿门乞讨，讨到一口饭吃了，就回去寒窑里读书。

　　今年的冬天真是特别冷，孙荣一面走一面想着父母在时，那些在炉火里烤栗子的往事。

　　忽然，朦胧中他被绊倒了。绊倒他的不是树枝，而是个冻得牛僵的醉汉。

"唉,何必喝得那么醉,结果倒在雪地里,你分我一杯喝不好吗?"

醉汉太重,他没法处理,只好去叫左邻右舍。

"开门啊!开门啊!帮帮忙啊!"

别人以为孙荣又来要饭,把门关得更紧了。

"我不是来要饭的,有个醉汉倒在雪里,大家生个火救他一救啊!"

怕事的人家听说有这种倒霉事,索性连灯也吹了,来个相应不理。孙荣没办法,只得自己去背,他拼着瘦弱的身子,把醉汉先拖到人家的屋檐下,擦掉结冻在他脸上的冰雪。忽然,他吃了一惊,原来醉汉不是别人,竟是自家的哥哥。

就是这人,把家产霸住,和恶人享用,就是这人,把自己一文不名地赶走。两个月前如果不是一位陌生人相救,自己已经走投无路只有跳水了。而这个人此刻却在他手中,要不要管他的闲事呢?孙荣没有细想,只是焦急地、本能地背起他,往家里走去。嫂嫂杨氏和侍妾迎春开了门,孙荣放下哥哥,连一碗饭也来不及吃,孙华已经醒来了。

"我藏在靴子里的白玉指环和两锭银子呢?"他恶狠狠地转过来看孙荣,"我说你怎么会那么好心,原来是你偷的。"

"小叔是读书人,不会做这种事的。"杨氏在旁边劝说。

"你们女人三绺梳头,两截穿衣(注:指穿衣裙而非男性的长袍),懂个屁。"孙华暴跳如雷,"叫他滚,否则我一棍子打死他!"

孙荣急忙逃回寒窑去——今年冬天真是冷极了。

"哈,我们这一票干得真漂亮。"柳龙卿和胡子传乐得眉开眼笑,"我们昨晚趁孙大醉了,掏走他的东西,没想到他全赖在孙二身上了,真是好啊!"

"是呀,咱们心好,连上天都来保佑我们。"

"好啦,我们两人赶快来分钱是正经。"

"昨天大哥跟人买白玉指环,咱们从中弄到一锭银子介绍费,然后,我们从他靴子里拿了两锭,总共是三锭。这指环既是七锭买的,我们仍旧七锭卖了,总共得现钱十锭——但是我们别分,我们拿去放高利贷,十年之间我们可就赚成大富翁啦。"

于是,两个人,盘算起来,十锭银子一年变二十锭,三年变四十锭,三年八十锭……十年一万二千四百锭!

"哟,那真成了大财主了!"

"我们来试试看做财主怎么做法。你先来,你有钱了,是怎么个排场?"

两个人正演练得热闹,白玉指环啪的一声摔碎了,两个人正想动手分现银,又被巡逻的当歹徒捉住,银子也被没收了。

而在孙家,杨氏、迎春和老仆人吴忠都忧心如焚,眼见主人这样荒唐,他们不晓得怎么办才好。吴忠甚至偷偷地跑到寒窑去,把自己的十贯钱送给二东家使用。

"你为什么这样?"迎春也为寒窑中的孙荣向杨氏请命,"小官人快饿死了,你反正管着家里的钱粮,给他送些去,大员外又不知道,怕什么?"

"话不是这样讲,俗话说'男无妇是家无主,妇无夫是身无主',所以'男子是治家之主,女子是权财之主',我如果偷偷送钱给小官人倒也不难,但所谓'家有一心,有钱买金,家有二心,无钱买针',我现在最急着做的是把员外劝得回心转意,那才是真正解决的办法。"

"可是,怎么才能劝得动他呢?"

这一天,孙华在家里看书——这是太难得的事了,可是人心里不正,看书其实也没有用处,他看来看去,看到曹丕曹植不和的一段,竟像得到证据一般。

"嘿,我说嘛,古人也有弟兄不和,彼此看不顺眼的!"

"我看的一段倒跟你不同。"杨氏说,"我看到的是楚昭王的故事,有一次他在急难时踏上一条船,船上有弟弟、妻子和孩子。船到中流,风浪大作,驾船的说,必须要有人跳下去,否则全船都会沉。结果他弟弟一再要跳,他却一再拉住,反而默许他的妻子和孩子跳下去了。"

"我看到的一个更有意思,"迎春也插嘴道,"有一对异母兄弟,哥哥叫王祥,弟弟叫王览,王览的母亲想谋害王祥,便叫他到海洲卖绢,王览回来知道了,便偷偷去追哥哥。果然不出所料,追到苍山,只见强盗已把王祥抓去,那王览跑上前去,口口声声说要替哥哥死,王祥决不答应,两人争死争得强盗惭愧起来,于是放了二人,又放了一把火,烧了山堡,人人回家孝养父母去了。"

"哼,"孙华听完了,忽然会过意来,"你们少在我面前说今道古,我知道你们的诡计,你们想来说动我,告诉你们,休想!"

而在另外一个舞台上,也有人在计划说动人。

那是在寒窑门口,柳龙卿和胡子传打算去找孙荣。

"咱们的命真不好,好容易偷了白玉指环又打破了,银子也给没收了,现在我想到个好办法,"柳龙卿说,"咱们去煽动孙老二告状,告孙老大独吞家产,然后,我们再两边做和事佬,趁机敲些中人跑腿的钱。"

两人都觉得此计甚妙,于是一起叩起柴门来。

"我们既是你哥哥的兄弟,也就是你的兄弟啦!"柳龙卿表现得无比亲热,"看你住在这种地方,又憔悴瘦弱成这副样子,我们真是于心不忍啊!"

"多谢了。"

"我且问你，"胡子传满脸关怀，"你哥哥的钱是他自己挣的，还是祖上留下来的。"

"是祖上留下来的。"

"哎呀，那你真是傻瓜，"两个人一起惊叫起来，"我们还当是他自己挣的呢，既然是祖上留下，你也有一半的份，凭什么你受苦他享福，连我们都为你不平了。"

"我教你，你去告他，我们来做你的见证人！"

"你们看错人了！"孙荣气愤地站起来逐客，"你们表面上同我哥哥好，现在却又来挑拨我告哥哥，你们的企图到底何在？告诉你们，我孙荣饿死不告哥哥，穷死不恨哥哥，我只恨挑拨他的人！"

两个人只好气狠狠地走了。

清明时节到了。

为了避免冲突，一大早，孙荣把乞讨来的一沓纸钱和半瓶淡酒带到父母坟前祭墓。等孙华来的时候，孙荣已经走远了，孙华为此也生气，气他敢赶在长兄之前祭父母。

这时候，善献殷勤的胡子传和柳龙卿也跑来了。

"既然结了义，"两人拍着胸脯说，"你的爹娘就是我的爹娘啦！"

三个人正在拜祭，柳龙卿忽然昏厥倒地，然后，从他的喉咙里发出一种低沉的老人声音。

"我不是别人，我乃孙豪是也。"

"哎呀，"孙华大惊，跪在地上，"这是我爹爹啊！爹爹，你有什么吩咐？"

"孩儿，"那声音说，"要好好对待你这两位结义的朋友，要不是他们，你的命险些都不保了。"

"是。"

"给他们一人盖一幢房子,讨一个老婆。"

"是。——对了,爹爹,今年田地有收成吗?"

"有种就有收,不种就没收。"

忽然,柳龙卿猛一抽筋,坐了起来。

"你刚才怎么啦?"胡子传问。

"不知道,只知道一阵麻,我就什么都不知道啦!"

"我爹爹刚才附在你身上呢!"孙华说。

这一天,孙华更看重这两个弟兄了,三个人于是就坐在草地上吃酒。

"员外,你好,怎么今天不见二官人?"

孙华抬头一看,来的是王老实,这人是孙家祖上三代的老管家,今年九十三了,家里五代同堂,百口共食,人人都很尊敬他。孙家这一带祖坟田庄多年来都亏他照顾。

"他不听话,被我赶走了——咦,你手上拿的是什么?"

"唔,没什么,一幅劝世图。"

"那是棵桑树吗?"

"不是,你听我说,这是棵紫荆树。从前有田家兄弟三个人,大家都立志和和气气相亲相爱地住在一起。他们一起指着院子里的紫荆树起愿,说,除非紫荆树死了,否则他们决不分离。紫荆树长得很好,看来是不会死的。结果呢,田三嫂暗下毒计,用长针针树,用滚水浇树,树竟给她弄死了。田家三个兄弟抱树大哭,结果,感动了神明,降下甘露来,把紫荆树又救活了,紫荆树又开得满树缤纷,三个兄弟再也不肯分开了……"

"咦,是谁叫你来的,你分明想来点化我,是孙荣吗?"

其实,请他相劝的是杨氏,可是,这一次又失败了,更不愉快的是两个坏蛋居然威胁着要打这位九十三岁极受乡里尊敬的老人。

"我还有最后一个办法。"杨氏对迎春说,"你问隔壁王婆买她那只狗来,就说我生病,需要一个狗心来合药。"

他们买好了狗,杀了,然后找一套衣服来,给它穿上,趁着天黑,丢在后门口。

半夜里,喝得醉醺醺的孙华回来,拍打前门,杨氏假装睡了,不去开门,孙华只好绕到后门来。

天极黑,他跌了一跤,及至爬起来,只闻到两手沾得黏黏的,全是血腥气。

"祸事了,"他气急败坏地叫醒妻子,一身酒意全吓醒了,"不知道什么人杀的人,竟推到我们家后门口,我们脱不了干系了! 天啊,怎么办啊?"

"别急别急,我有办法,去找胡子传、柳龙卿两位'赛关张',他们一向很义气,一定肯替你埋起来,真要有祸事,他们也会替你顶罪的。"

"对了,我想起来,他们有一次酒后真的说过,他们说为兄的如果杀了人,别说一个,就是十个,他们也替我顶。"

他跑去找柳龙卿。

"没问题,我去拿根绳子就走。"

忽然,他听得房子里一声惨叫。

"不行啦,大哥,我从小就有心脏病,这一惊,心脏病又发作啦,你别叫啊,越叫我发作得越厉害啦! 算了,你回去吧,明天我会去探监。"

他又赶快去找胡子传。

"到底有几具尸首?"

"一具。"

"啊呀,那算什么,瞧你吓得这副样子,我去找个破草席,包他一包,往河里一扔就没事了。"说着,他表现了一个夸张的丢尸体的动作,"哇——不得了,我闪了腰了!——喔哟——喔哟——好痛,我一动也不能动了,你走吧,我明天会去看升堂的。"

"唉,没想到那两个人是这种人,"孙华垂头丧气地回来,心头急得像火油煎的一般,天快亮了,天亮事情就更麻烦了,"你快帮我想办法,我快完蛋了。"

"我哪里有办法,你不是说我们女人三绺梳头,两截穿衣,懂个屁吗?"

"你不想法子,我就去投水算了!"

"你还说我们女人只管门内三尺土,哪管得门外三尺土。你还说只有雄鸡报晓,哪有牝鸡司晨的话?"

"唉,你的记性也不必这么好啊,你不能见死不救啊!人家说'妻贤夫祸少'啊!"

"好吧,我跟迎春陪你去找小叔叔,你一个人去他恐怕不会开门,他怕被你打了。"

到了寒窑,三个人把话说清楚,孙荣立刻着急地说:

"呀,哥哥事不宜迟,快动手吧,天要亮了。"

摸着黑,他匆匆忙忙地把那团血肉模糊的东西抱到城南沙土里去埋了。埋完了,他匆匆地要赶回寒窑洗掉满身血腥。但这一次,孙华不让他走了。

"弟弟,留下来吧!我现在分得清谁是亲的,谁是疏的了。"

故事还有个因祸得福的尾声,第二天早上,那两个无耻之徒居然厚着脸皮来探虚实,孙华再不理睬他们了。

"你居然敢不认我们,"两个人恼羞成怒,失去了"结拜弟兄"这个好"职业",使他们顿无荫庇了,"咱们走着瞧,我们去告你杀人灭迹。"

好在开封府尹清明如水,他先听孙荣抢着认罪,已觉可疑,及至杨氏出面说明,把王婆叫来对证,又派人去城南挖出了穿着人衣的狗尸,终于真相大白,化忧为喜了。这一来,开封府尹决定奏上朝廷表扬一下这个既聪明又贤惠的女子,因为她敦亲睦族,维护了良好的社会风气。她得到光荣的金冠霞帔,封为贤德夫人。孙荣是个恭敬事兄的读书人,他得到陈留县长的职分,以爱兄弟之心去爱天下人,相信他会是一个很好的官。孙华靠着妻子和弟弟,很幸运地也沾到了一份官职。至于那两个"赛关张"呢,却各挨了一百板子发配到边疆充军去了。

琵 琶 记

火毒毒的太阳照着陈留县一片焦干的土地。一条条裂缝像受了伤合不了肉的疤口。

蔡婆子蓬头散发,坐在大门口,呆望着旱田,毫不羞耻地嚎啕大哭起来。

"死老头子!你怎么不死啊?我说了不要让儿子去考功名,我们眼见是黄土埋脖子的人了,还指望什么富贵?你偏逼着他去!你偏逼着他去!死老头子,你的心是怎么长的啊,咱们总共才这一个儿子,你的心是怎么长的啊!"她愈说愈伤心,干脆拼着一张老脸不要,骂得更大声了,"儿子不肯去,你还骂他没出息,恋着刚结婚的老婆的被窝,好,他给你逼走了,你可称了心了!唉,唉,现在儿子一去不回,千山万水,也不知是死是活?又碰上荒年,如今要活也没有活路,要死,眼前也没个送终的人……"

"我又不是神仙,我怎么知道会碰上荒年?"老头子终于憋不住,爆了出来,"儿子念了书,不去考试怎么能有出息?儿子要是能披红挂绿,争个富贵功名,也是光宗耀祖的事。你妇道人家没见识,还在这里胡扯。"

"我的儿啊!"蔡婆子跺脚捶胸,"我的儿啊!我的蔡邕儿子啊……"

"算了，算了，饿死也是死，吵死也是死，我看，我还是现在就死了算了！"

蔡老爹说着，便死命往墙上撞。

赵五娘匆匆忙忙地跑出来，心里又痛又急又羞，门口已经围了一堆看热闹的人了。她左拉右劝，不知如何是好，又怕人言可畏，万一别人怀疑是做媳妇的孝道不全，才惹得公公婆婆吵架寻死，又怎么办。

其实，公婆就这一个儿子，当时她也不赞成丈夫走的，但公公说的话又那么难听，她吓得不敢开口，深怕一旦挽留丈夫，就成了蔡家的罪人。而今丈夫一去两年没有消息，她心里难道不急？却又不敢开口，表面上她一直安慰公婆说蔡邕有才学，一定能"直上青云"，目前也许只是一时找不到合适的带信的人，但她心底却在暗暗担心，长期的饥饿迟早会让两老"身归黄土"。

好容易把两人劝平了，但同样的事，谁敢说下一刻会不会重复发生呢？她感到身心俱疲。公婆气了，可以彼此互骂，但她呢？

她，坐在窗前，望着满园仿徨无主的春色而怅然。她，京师里出名的美人，牛丞相的独生女儿，多少人为她痴迷，家里的门槛都快被媒人踏破了。而此刻，在深闺中，她悲伤地坐着。

"爹爹这人也太要强了，早些年就定下了非状元不嫁的怪念头——可是现在这位姓蔡的状元听说不想娶我，爹爹居然用前途问题威胁他，结婚要靠姻缘啊，这样逼来的丈夫将来怎么处得好呢？"

可是，爹爹的主见那么强，他一看到那个叫蔡伯喈的状元，就坚持非把他拉来做女婿不可。改变爹爹是不可能的了。

她郁闷地坐着，为自己不可知的未来而惴惴然。

听说官厅放粮，赵五娘赶忙去排队，可是那些贪官污吏，平日早把仓库里面的粮谷偷得差不多了。现在上面规定施粮，大家也就虚应故事发个意思意思就算了。

轮到赵贞女，粮食没有了。看她哭得可怜，上级官员命令守米仓的官要赔一份粮出来，可是，走不了几步，黑心的官吏又把那包粮食抢劫回去了，幸亏善良的邻居张太公出面，给了他们一小袋粮食，日子才算又维持几天。唉，能挨几天就几天吧。

是的，能挨几天就几天吧，蔡邕心里想。至少，在走入丞相府之前，他还有短暂的自由。

自从到了京师，考取了状元，不知为什么，竟被牛丞相看上了，有些事情，和他那样有钱有势的人是讲不通的。

"笑话，他不肯？他疯了？遍京师的王侯子弟，谁不想做我牛丞相的女婿，他到哪里去找像我这样的岳父，像小姐这样的妻。哼，我就是看上他了，我们这种门第还容得了他拒婚，皇帝御旨下来，他不肯也得肯。"

"大不了我辞官不做，"蔡邕愤然地告诉媒人，"我不要做官，这总行吧！我回家去养我的爹娘。"

"没有那么简单，"媒人老实地分析给他听，"牛丞相的性子你是知道的，他是皇帝跟前的人，他要皇帝把你留在京里做官，你就回不了家。你辞官，皇帝不准，你有什么办法？而且，皇帝出面，要你跟牛小姐完婚，你能抗拒御旨吗？你要回家奉养白发爹娘，奇怪？为什么到今天才想起来呢？晚啦！你千里迢迢跑到这地方来，不是图功名图什么？功名路不上便罢，上了，哪由得你？"

"我家里还有结发夫妻的呀！"

"那乡下婆娘怎比得上牛府的千金小姐？"

原来功名的滋味竟是这样的，原来披红挂绿的状元竟是一个空架子，原来十年寒窗争来的只是一个资格而不是一个位置。而如果你想要谋得一席之地，你还得另走门路。

人生竟是这样不自由吗？为了父母，他必须抛弃妻子，远离故乡来赴选场。而现在，为了牛丞相他又必须抛弃父母而再娶妻子。为什么做人总是要顺着别人？为什么一个人不能遂自己的意愿？人活着到底是为谁活，是为别人，还是为自己？

"哼，人活着，哪有不为自己想的？"这些日子来蔡婆子的脸更瘦削了，一张脸似乎只剩下红丝丝的眼睛和一张干瘪深陷的大嘴，"老头子，你注意到了没有，前些日子，桌上还有两盘下饭菜，最近几天，这媳妇简直愈来愈不像话，居然一样菜也没有了，叫人怎么吃得下去？可是，每次吃饭，叫她吃，她不吃，过一会儿又看她躲在一旁吃，这年头的媳妇真是不得了，居然把好东西自己藏起来偷吃……"

婆婆的话虽是耳语，但老年人重听，两人的话前房后厅都听得清清楚楚，赵五娘也只好憋住一肚子委屈。

"我看，媳妇不是那样的人。这种没影的事，你别瞎猜。"

"谁瞎猜？你给人蒙在鼓里还不知道，我看哪，再过两天，大概连饭也没有啦。"

"你自己不会看吗？媳妇连自己身上的衣服都拿去一件件典卖了张罗粮食了，你还要她一个女流怎么办啊……"

婆婆本来也算是个慈祥的母亲，只是长期的饥饿把一家人的情感都撕裂扭曲了，再加上儿子一封信也没有寄回来，她变得激动、多心而又易怒。

　　她一言不发,默默地去吃她的"好东西",她没有看到四只监视的眼睛正尾随着她。

　　所谓"好东西",放在暗室的一角,是一袋别人打谷子剩下来的粗糠。

　　"唉,糠啊,"她把糠捧在手上,"你和米,本来是在一起的,现在被筛子一簸扬,两下就分了,从此米是贵的,糠是贱的,再也碰不了头了。"

　　她忍耐着,吞下一口干涩的糠。

　　"丈夫啊！你就是那米,我们在饥饿里想着却弄不到手的米。而我呢,我是这糠,在这里勉强供人一饱的糠。"

　　她勉强咽下第二口。

　　"你在吃什么?"公公婆婆忽然出现在她面前。

　　"我,我,我什么也没吃。"

　　"哼,休想骗我,你明明在吃,"婆婆动手来抢,"我亲眼看到的!"

　　她把碗抢到手,立刻往自己嘴里吃。

　　"不行啊,"赵五娘叫了起来,"婆婆,你千万别吃!"

　　"为什么不能吃? ——咦,这不是糠吗? 你把喂猪的东西拿来做什么?"

　　"你吃这个吗?"蔡老头的两眼红了,"这么粗的东西怎么咽得下啊!"

　　"爹爹,娘,"赵五娘哭起来,"粮食不够吃,我吃糠,可以省点粮食给你们吃,我是你们孩子的糟糠妻(注:即共患难贫贱之妻,古语有谓:"糟糠之妻不下堂"),糟糠妻吃糠也是该的啊!"

　　一对可怜的老人彼此望了一眼,忽然羞愧欲死,长期以来,他们背后怀疑这媳妇,现在才发觉原来她竟是这样刻苦自虐,一心想孝养公婆……

"我什么时候变得这样刻薄多疑的？"蔡婆子悲哀地回想，"这种荒年不但把我饿得肉没了，连一点仁心也没了，我们本来也是知书达理的读书人家啊。"

一股血往上涌，两个人都栽倒在地上。

"公公，公公，你醒醒。"赵五娘急得不知如何顾前顾后，"婆婆，你，你也醒醒啊！"

可是，婆婆没有醒过来，她永远醒不过来了。

是在梦中醒着呢，还是在醒中梦着？眼前是一大片争红竞绿的大荷花池，华美的丞相府让人如同置身仙境，但是，事情进行得多么荒谬，在这里，他重复了另一次婚姻，视另一个老人如父亲。

婚礼中仍是拜天地、拜父母和夫妻对拜，阴阳先生站在两人中间，以怪异的腔调向家庙里面的祖宗报告：

"维大汉太平年，团圆月，和合日，吉利时，嗣孙牛某，有女及笈，奉圣旨招赘新状元蔡邕为婿，以此吉辰，敢申虔告，告庙已毕，请与新人揭起方巾——"

这一切，像梦，而后，他就浑浑噩噩地住在这个有着大荷花池的丞相府里来了。

而此刻，他独抱一把"焦尾琴"，对着满池清风而坐。

那焦尾琴原是一块极好的梧桐木，被不识货的人丢在灶里当柴烧了，蔡邕当时刚好经过，看见木头干爽松脆的质地，听到它被火烧时好听的吱吱声，赶快抢了起来，踩熄了火，挖空了，做成一把琴。因为尾段焦了，所以叫焦尾琴。

那段梧桐木算是幸运的，因为烧焦的只是一小截，它如今仍然是一把好琴。但自己呢？自己是一根整个烧着的梧桐，没有人来相救，眼见得要消沉下去，烧成白灰。

他轻轻地调了一下弦，并且试弹了几个音。奇怪的是弦声弹起来尽是杀声，连高山流水之音也充满了凶恶的浪头，他感到一阵不祥。

"一向听说相公精于音律，"牛小姐不知什么时候出现了，婚姻这种事就是这样，另外一个人总会在你不经意的时候跑出来，"再弹一首给我听听好吗？"

她是善良的、美丽的，他只觉对不起她，但又不知怎样把真相说明。

"唔，唔，"他漫不经心地说，"我弹个雉朝飞吧？"

"不要，不要，这无妻的曲子呀！"

"对不起，孤鸾寡鹄呢？"

"多难听呀，什么孤啊寡的。"

"昭君怨呢？"

"不，不好，现在正是夏天，弹个风入松吧。"

"是。——咦，奇怪，我弹成什么了？我弹错了，弹成'思归引'了，好，从头再来——"

"不对，不对，你又弹成别鹤怨啦——"

"对不起，我不是故意的，都是这弦不好。"

"弦？弦怎么啦？"她睁大一双眼。

"我不习惯这新的弦，如果是旧弦就不会错了。"

真是一场大错。

丈夫音讯全无，婆婆死了，公公病沉不起。连着三年荒年，连有少壮男人的家庭都熬不下去，何况蔡家只有妇人和老人。

"公公,你吃一口药,吃一口粥吧!"

"我要死了,"老人挣起身体,两眼空茫茫的,"我有几句话交代。"

"三年来,也真苦了你,蔡伯喈不孝,我们全靠你了,如果有来生,我要做你的媳妇来报答你。"

"还有,你婆婆死了,邻居张太公心好,已经割舍了我们一具棺材,我死就别再开口了,是我错了,我叫他去考试,弄得有去无回,累了大家,让我暴尸旷野,让天下人都看看,看让儿子去求功名的父亲的下场。"

两个人说着、听着,都忍不住哭了,好好一家人,现在竟凋零如此。正哭着,张太公来了。

"你来了也好,"蔡老头说,"也有个见证,我现在当你面写个遗嘱,等我死了,叫五娘去改嫁。蔡邕那不孝子,也不要守他了,五娘改了嫁,至少也能吃口饱饭。还有,张太公,我这里交给你一支拐杖,有朝一日,蔡邕回来,你就拿这支拐杖把他打出蔡家的门,永远不准他进来!"

一道门,一道最高贵、最华丽的牢狱。门里是丞相府,门外是渺不可及的万里家山。

蔡伯喈嘱咐一个心腹用人,上街去找个可靠的"陈留县人",带一封往返书信。

但人倒霉起来也真是没有办法,居然找上了一个骗子,他高高兴兴地把信和酬劳拿走了,然后把信掷了,钱花了,居然还带着一封伪造的平安家书,说是他远在陈留县的父母写的呢。

陈留县死了,父母也先后死了。赵五娘不知道自己还能熬几天。但是,至少目前她还不能死,她要埋葬公婆。

衣服首饰早就典当一空,忽然,她站起来,急急地找了一把剪刀,狠心一剪,把满头美丽的青丝铰了下来,她几乎是来不及地做着,唯恐慢一点就狠不下这个心了。

当年曾被新婚丈夫赞美的乌云,现在满街叫卖,竟没有一个人理会。她忘了一件事,大家都跟她一样穷啊!走着走着,她只觉全身涣散,然后,眼前一黑,她便倒了下去。

救起她的,仍是张太公。

"傻孩子,虽说'上山擒虎易,开口告人难',可是事情也有个缓急啊,像你公公死了这种大事,你不来找老邻居我还去找谁呢?刚才要不是碰巧碰上了我,说不定就那样死了,你不能死啊,公婆要棺椁、要造坟、要守墓,蔡家至今还没有后,你要等着蔡伯喈回来啊!"

张太公也不富裕,可是他总算凑出另一副棺木和短期的米粮,让活的可以活得下去,死的可以入土为安。

赵五娘亲手为公婆做了坟墓。长夏已过,萧萧的黄叶落在坟前。

黄叶飘落,桂花香彻院宇,是中秋了。

"我觉得,"牛小姐迷惑地望着他,"你不快乐——你吃的穿的用的究竟有什么不称心的?"

"不错,我穿的是紫罗兰——可是不自在,

我踏的是皂朝靴——可是不能走自己要走的路,

我吃的是山珍海味猩唇豹胎——可是公事忙得我慌慌张张地咽不下去。"

可是,事情一定不这么简单,她决定躲在一旁窃听他自言自语说些什么。终于,她知道了,原来他在想念他的父母和前妻。这段婚姻有些勉强她是知道的,但他居然还有前妻,则令她惊讶,不知为什么,她对那素不相识的女子忽然生出由衷的同情。她想必也是个身不由己的人,她想必不愿意她的丈夫走掉,可是,他走了,她想必无法忍受丈夫不回来,可是她必须忍,她想必有许多悲伤,就像她一样,不,也许也像蔡伯喈,因为他也是个身不由己的人。

她跑去告诉父亲,天真地说,她要去乡下看看她尚未一见的公婆和"姐姐"。

"胡说,"牛丞相生了气,"你一个千金小姐,这千山万水哪是你能走的。"

牛小姐绝望了,爹爹老了,母亲又早逝,他要早早晚晚看到自己的女儿——他的想法并没有错,只是他忘了,蔡伯喈也是别人的儿子,八十岁的父母还有多少年月可以等儿子?

可是,第二天,一夜失眠的牛丞相妥协了。

"你去是不行的,"他的脸色有挣扎后的疲倦,"但我是个丞相,万一让别人说话总是不好听,这样吧,我们家也不多三个人吃饭,去派个人把他们接到府里来好了。"

一别三年,父母真像他们回信上写的那么平安吗?蔡伯喈到寺庙中去求祷。

一身玄衣,一把琵琶,两幅手绘的公婆的真容,赵五娘化成道姑模样,一路唱着曲子,讨些赏钱,到了京师城郊的庙里。

她唱着苍凉的行孝曲:

"凡人养子,最是十月怀胎苦,更三年劳役抱负……儿行几步,父母欢欣相顾……自朝及暮,悬悬望他,望他不知几度……儿在程途,又怕餐风露宿,求神问卜,把归期暗数……"

忽然,喝道(注:古人大官出行,大声吆喝,令路人避开)之声大作,赵五娘和群众赶紧走避,慌忙中,两幅父母的真容掉了下来。然后,远远的,赵五娘望着那官员捡起了真容略瞥一眼,便令人把它收好。

那人如今佩紫怀黄,穿得十分威武,但她至死都认识他——他是蔡伯喈。奇怪的是她心情一点不激动,她定定地望着他走入庙中去烧香,心中只有一片透明无尘的悲悯。何必呢?蔡伯喈,跟前亲捧一碗饭不是胜过千里之外十炷香吗?他想必还不知道父母早已活活饿死了,父母活着他不曾孝养,死了不曾祭扫,把这衣履光鲜的官员和自己相比,究竟谁是更不幸的人呢?

那两幅真容,是自己临行时画的,丈夫显然没有看出来画的是自己的父母,她画的是他们临死前的面容,消瘦的,枯发如蓬,只剩两只空洞失神的眼睛。在无米无炊的日子抚养公婆虽然累赘,但他们一旦死了,埋了,她却感到异常空虚悲伤,画两幅像带着,只是一种真情的依恋。

第二天早上,她矛盾地徘徊在牛府门口,不知该如何进行。事有凑巧,牛府的门自动开了,出来一位管家,问她要不要进去,原来牛小姐正要找一个伶俐勤恳的用人,她立刻明白了,牛小姐是想训练一个能干的用人伺候公婆。她苦笑,公婆早已不需要伺候了。为了想确实知道她适不适合做用人,牛小姐把她的身家一一问清楚,没想到两人的环境如此相似。问话立刻变成了含泪的倾谈。

"你的情形跟我们家真相似,"牛小姐惊讶地说,"你是丈夫不归公婆死,我却是丈夫想归归不得,公婆呢,也未卜存亡……"

"你去接公婆还不要紧,"赵五娘试探地问,"又接出一个夫人,恐怕不容易相处吧!"

"我诚心诚意地让她做姐姐,如果她不高兴,我就退让,大概不会有太大的问题。事情已经这样,是我对不起她,又有什么办法呢?"

赵五娘放心了,这女孩看来是善良的,这里面似乎没有谁是坏人,可是,是什么部分错了,竟导致那样悲哀的历程……

"我还是告诉你吧,我就是蔡伯喈的妻啊,公婆死了,我独自上京来找他。"

"姐姐,"牛氏惊望着这卑微而又高贵的妇人,"苦了你了。"

一双流泪眼望着另一双流泪眼,女人和女人之间有时竟是这样容易彼此了解、同情的。

书房里,每一本书都直接、间接地写着侍父母之道。蔡伯喈心烦意乱中只见二幅老人的绘像已被管家挂在墙上,当时捡起这幅画也只是暂时保存等待交还原失主的意思,而现在,不知为什么,那画像看来竟有点像父母——是想父母想得太厉害了吗,还是天下父母都有着同样焦灼的眼光?还是……他翻开画像背面,赫然一首五书古诗,内容竟非常像在写他,可是昨天好像并没有这首诗……

"你想找题诗的人吗?就是她,你认得她吗?"

天哪,怎会不认得她呢?烧成灰化成泪也认得啊,曾经那样如胶似漆的妻子啊!

她已不复新婚乍别时的娇柔美艳,一身孝服,把她衬得楚楚可怜,蔡伯喈悲伤地跑上前去,握住她的手。太多的情节、太多的委屈,留待一生去说吧!

故乡的坟,等待做儿子的去扫。张太公,应该登门去叩谢。争功名、争权力,到头来,竟是如此,一顶纱帽换两座土坟,是划得来的交易吗?重逢,竟不一定是欢乐的。

赵五娘和蔡中郎的故事在大街小巷唱着、演着、说着,有人抗议,说跟事实有违,历史上的蔡伯喈并没有这样一段故事,但其实名字又算什么,除了名字,类似这样的故事谁又能说它是虚假的呢?

王　宝　钏

　　王宝钏正低着头,绣一只灵动欲飞的龙。金黄沉紫和火红的绣线一针一针上下穿梭,眼见得一条龙就要绣好了。忽然,她推开线,脸红起来,她想起昨夜的梦了。梦中一颗大红星,猛然地坠在她怀里,而此刻,那条绣花绷子上的龙,也是如此带着火的耀动,直扑下来。

　　和丫头一起,她走到花园里去,宰相府的名花异草开得整齐规矩而饱满。

　　"哇,失火了。"丫头大叫起来。

　　宝钏镇定地走过去,没有火,只见一个褴褛的流浪人,坐在花园门口打盹,这人显然是穷人,但他睡熟的脸部安详平静,他的周身有一种说不出的、逼人的光辉。

　　忽然,王宝钏又想起梦里那颗光灿灿的大星。不知为什么,这人使她想到光,逼人的光。

　　"你叫什么名字,哪里人?"

　　"我住长安,父母早死,我一个人到处流浪,我的名字叫薛平贵。"

　　"你父母死以前,没跟你定亲吗?"

"穷成这样,小姐,"那人无奈地苦笑,"怎么敢去说亲?"

王宝钏睁着一双清亮的、纯洁得近乎无知的眼睛打量着这个陌生人。奇怪,成天出入相府的人倒也不少,但这个男人却与众不同,大姐金钏嫁给苏龙,二姐银钏嫁给魏虎,跟苏龙、魏虎比,就仿佛这人是铁打,那些人是纸扎的。

"二月二日,父亲要给我结彩楼抛绣球,不知什么人有姻缘,你也可以来试试。"

"来的都是王孙公子吧!"

"婚姻的事,靠缘。"

"我会来的。"

王宝钏站在高高的彩楼上,手里拿着个旋转不定的球,那薛平贵还没有来,她焦急地四下张望,都是些什么人呢? 似乎有王孙公子,也有商人农人,一只小小的彩球轻易地一掷,一个女人的命运就这样决定了?

忽然,她看到那耀眼的,火一样的男人,她急速地把球向他掷去,但群众忽然像山崩一样压下来,人人都去抢那只球,他捡到了吗? 她看不清楚。什么时候开始她如此在乎这个人的? 她不服气地想。

然后,她看到了,天从人愿,球,带着她的祝福与关怀,好端端地捧在那人的手里。她站在高高的彩楼上,他站在尘埃里,但她明白,从今以后,他们将一生一世在一起了。

"相府的千金小姐,去配路边的叫花子薛平贵,笑话,"父亲很生气,"退掉,退掉,我随便替你找个王孙公子。"

"父亲,人要讲信用,不要说打着了叫花子,就是打着了一块石头,我也会抱它三年五年的!"

"你在跟我赌气吗?"

"没有!"

"那么为什么不听话另外嫁人?"

"这种事别说爹爹,圣旨也改不了!"

"你也想想,大姐金钏、二姐银钏都不及你漂亮可爱,她们都嫁得那么好,你反而嫁给一个叫花子吗?"

"人总有倒霉的时候,我们怎么能知道未来呢? 一朝得志,说不定,他也不在爹爹之下。"

"大胆,"父亲咆哮起来,"退! 退! 退! 非退不可!"

"不! 绝对绝对不退!"

"不退你身上两件漂亮衣服还我!"

"可以,但是爹爹还记得这两件宝衣哪里来的吗?"

"圣上赐的。"

"圣上为什么赐爹爹?"

"因为君臣之谊。"

"圣上倒有君臣之谊——爹爹却没有父女之义吗?"

"只要你肯退亲,别说这两件宝衣,就是满箱金银也随你拿啊。爱多少,拿多少。"

"可是,我不要了,这'日月龙凤袄''山河地理裙'都还给你吧,还给'嫌贫爱富的人'。"

看到女儿赌气撅嘴发狠的模样,父亲的心又软了,脱了宫装之后,她只穿一件朴实的素色衣裙,反而愈发楚楚怜人。

"你倒会说话,我嫌贫爱富没错,可是,我是为了谁?"

"不知道!"

"就是为你这个小鬼头呀!"

"我的事是我的命——不需麻烦爹爹,爹爹,你手摸胸膛想一想,如今膝前还有谁,就我一个了,你就不能多疼我一点吗?"

"不错,就你一个了,你还不能多孝顺我一点吗?"

"孝顺? 如果母亲死了,我会来披麻戴孝。"

"如果我死了呢?"

"我不会哭一声的!"

"王宝钏,你听着,你太倔强了,你会后悔的,我现在也死了心了。我算没有你这个女儿,我跟你'三击掌',就此断了父女情算了。"

"我走了,"王宝钏转身,避免直接冲突,"我去拜别母亲。"

"不准!"他在盛怒中吩咐丫环把守后堂,"谁敢进去,打断他狗腿。"

她不争执了,她走到父亲面前,跟父亲击了三下手掌,从此恩断义绝。

"告诉母亲一声,"她嘱咐丫环,"我现在就搬到寒窑去了!"

临走,她偷看了父亲一眼,心里猛然一惊,不知在神色眉目的哪一部分,或是在盛怒的表情中,父亲看来跟她真是相像。

而且,父亲也在远远地偷眼看她。

寒窑里只有极微弱的光线。相府里珠围翠绕的生活至此是完全没有了。

是错觉吗? 她忽然觉得小别数日的丈夫回来了,前几天听说楚江河下妖怪作乱,他赶着去了。婚后他一直在挣扎找个出路,图点出息,他不要辜负王宝钏。此刻她看见金红色的头盔,闪耀生光的铠甲,以及高大的红鬃毛的骏马,是他吗?

“三姐，我回来了。”

“我快要不敢认你了，怎么回事？”

“我降了妖怪，其实也不是什么妖怪，就是这匹烈马，奇怪，一看到我，它倒很乖，皇上看见高兴了，封了我做将军。”

“啊！那太好了！”王宝钏像小女孩一样地高兴起来，“谢天谢地。”

“可是，你别急着谢天谢地，我，又要走了。”

“为什么？”

“你父亲私仇公报，他说西凉国下了战表，我们要去迎战，你大姐夫二姐夫做正副元帅，我却做危险的‘马前先行’，军队现在就要开拔了。”

“什么？”王宝钏不能接受，“我不相信，现在就走？西凉国？”

“不要哭，我给你留了十担干柴，八斗老米，我也不知什么时候回来——你守得住就守，守不住就忘了我，另图出路吧！”

“守得住我自会守，”王宝钏气愤起来，“守不住我也会守！”

远处有三声清晰的大军出发的炮声，平贵纵身上马去了。

魏虎带消息来，说平贵战死在西凉国。

寒窑中风雨凄凄，王宝钏病了。母亲赶来看她。

“三个孩子里，你最聪明最漂亮，”母亲老泪纵横，“或许是我们太宠你了，你的脾气弄得这么倔，看你大姐二姐，日子过得多称心如意。”

“那是她们的命，可是，穷人也是人，穷人也是人嫁的。”

“你的病怎么样了。”

“也没什么，只是听到平贵死了——我是不相信的——爹爹却派人逼我改嫁，我一气就病了，现在看到母亲，已好了一半了。”

“跟我回去吧！这寒窑实在住不得人啊！”

“我已经跟父亲三击掌了，我饿死也不回去住的！”

"你不回去,我就搬来!"

"不,母亲,你受不了这种日子的,你老人家还是回相府去吧!"

"你可以住十七年,我怎么不能?"

母亲的脸很决绝,她急起来,不知怎么办才好。

"我跟你回去。"她迅速地站起来。

母亲高兴地笑了,眼中闪过一阵诡谲的表情,王宝钏也是。母亲一脚跨出寒窑,王宝钏急急地缩了回来,关上窑门。

"喂,喂,宝钏开门,你这是干什么?"

"母亲,我骗你的,你回去吧,谢谢你带来的米粮。"宝钏隔着门哭了,"但是寒窑不是你住的地方,相府也不再是我住的地方。"

一扇厚木门,里面滴满了泪水,外面也滴满了泪水。

薛平贵站在武家坡上,前尘旧梦,一霎时都来到眼前。自从在三响炮声中跨马而去,他已建立了不小的功勋,但魏虎为了夺功,便把他灌醉了,绑在红鬃烈马上,直放西凉国而去。没想到西凉国老王没有杀他,反而命令他和代战公主成婚,老王死后,公主力保他做西凉王,匆匆十八年就这样过去了。

直到那天早晨,他打下了一只大雁,雁足上竟然绑着王宝钏撕下罗裙咬破指尖写的血书。

"早来尚能相见,"她在信上写着,"稍迟一步,难保此世还能团圆。"

身为公主的丈夫,其实也只是一种"高尚的入赘",行动哪有什么自由?看到妻子的信,他激动起来。一场酒,灌醉了代战公主,他便直奔长安而来。

武家坡荒凉依旧,一个鹑衣百结的妇人蹲在地上挖菜,她那样专注,目不斜视,仿佛天地间只有那一棵野菜,她那固执的神气是他熟悉的,难道她是一别十八年的王宝钏吗?

她又换了一个角度去挖另一棵菜,他确定了,是她。十八年过去,他忽然莫名其妙地想要恶作剧一番。

"喂,有件事麻烦大嫂。"

"军爷迷路了吗?"

"阳关大道,哪会走迷,我是来找人的——鼎鼎大名的,王丞相之女,薛平贵之妻,王宝钏。"

"你,你跟王宝钏有亲还是有故。"她竟面对面不能认识这人。

"非亲非故,只是她丈夫托我带封家书!"

"啊,我就是,原来他真的还活着,家书在哪里?"

"啊呀! 掉啦,"他胡乱摸了一阵,"我想起来了,我放在箭袋里,刚才打雁,一抽箭,搞掉了。"

"那雁吃了你的心肝才好!"王宝钏跺脚骂道,"我就是王宝钏,你这种为人谋而不忠,与朋友交而不信的坏蛋!"

"呀! 呀! 大嫂别生气,"他口气开始轻浮起来,"信虽掉了,上面的话我倒记得。他说'八月十五日月光明,薛大哥在月下修书文,三餐茶饭小军造,衣裳破了自有人缝'。"

"他还好吗?"

"他不好哩,"薛平贵苦着脸,"他丢了一匹马,要赔十两银子,他没有,因为他花天酒地存不了钱,只好跟我借,后来弄到连本带利欠我二十两啦!"

"你为什么不跟他要。"

"要也要不出来啊! 后来他想了个办法,说在长安城南武家坡,他还有妻子叫王宝钏,就抵给我好了——所以现在你是我的人啦!"

"欠钱还钱,我到我父亲的相府里去要钱还你就是了!"

"我不要钱,只要人。"薛平贵暗自想笑,却忍住了,"你别逞强,我把你一把抱上马,跑回西凉国去,你还有什么办法?"

"啊,那边有人来了。"王宝钏大叫了一声。

薛平贵一回头,漠漠荒郊,哪里有人影? 她趁机迅速地抓了一把沙,对准来人的眼睛一丢,立刻脱逃回洞,牢牢地关上门。

"开门,开门,我跟你闹着玩的,我是你丈夫啊!"薛平贵揉着眼睛,流着泪在门外大叫,这把沙子真厉害。

王宝钏不理。

"十八年了,三姐,我看了你的罗裙血书才回来的。"从门缝里,他递进血书。

门开了。

"真是你吗?"王宝钏惊疑地看着他,"我的薛郎是没有胡子的。"

"你没听过吗? '少年子弟江湖老,红粉佳人两鬓斑',三姐,你也到水盆里去照照自己的容颜吧!"

"真的,真的十八年了,我也老了!"

生命里能有几个十八年呢? 曾经失去的岁月,只能用未来的恩爱做补偿了。

当然,就薛平贵这方面而言其结尾是更愉快的。他出了当年的一口气,又封了宝钏和代战公主两位同做皇后,那是旧时代里一切男人的美梦。

而王宝钏,终于跟父亲和解了,并且在父亲有难时以自己力量救了他。她一直要证明自己的判断比父亲高明,她一直相信自己可以丢掉"相府小姐"的身份而活得下去,她,成功了。

蓝 采 和

神仙汉钟离轻轻地撕开一角白云,俯看纷扰的红尘中的人群。

"吕洞宾,"他回首叫住另一个神仙,"你看见那道青气吗?"

"看到了,一直冲到九霄之上来了呢!"

"你仔细看,那是洛阳城里冲上来的,你看到没有,在梁园的戏棚里有一个伶人许坚,乐名(注:乐名即艺名)叫蓝采和的,青气就是从他身上冲出来的!"

"奇怪,洛阳城里成千上万的人,就只有他有神仙之分。"

"是的,可惜他自己并不知道,"汉钟离叹了一口气,"好吧,我亲自去走一遭,把他引渡回来。"

蓝采和已上好了妆。一双眉毛高高地吊起,已经是近六十岁的人了,但站在舞台上眼角余光一扫,仍能风靡全场。

招贴已经贴出去了,不知今晚有多少人来看戏,整个剧团有二十几口人要吃饭,老婆孩子,加上媳妇、表弟,一大家子擂鼓的擂鼓,打锣的打锣,必要的时候个个都得上场。

在洛阳城里,蓝采和是叫得很响的名字。他找最好的编剧,用最严格的方法训练子弟。二十年了，夜夜在舞台上，演那些演不完的生老病死、离合悲欢……究竟是勾栏（按：元人称剧场为勾栏）像人生，还是人生像勾栏呢！

"大哥，有件怪事，"表弟王把色和李簿头跑来，"一个奇怪的道士，坐在妇女作排场的乐床上，赖着不肯走，我们叫他到观众席上去，他不肯，还说要见你。"

快六十岁了，蓝采和什么样的人没见过，他匆匆跑去见那个难缠的道士。

道士显然是来搅局的，蓝采和想讨好他，顺着他的意思唱几场文戏，他又偏说武戏好看，真要演武戏他又点来点去点不中意，场上锣鼓空响了半天，眼看今天晚上作不成场了，连好脾气的蓝采和也气得骂了出来：

"哼，我看你也不是什么有道行的师父，大概是什么云游野道士，河里洗脸，窑里住，没见过世面，一辈子也没进过勾栏，所以一点规矩也不懂。"

"咦？"道士反唇相讥，"你又是什么有名的戏子？我游遍天下也没见过你！"

"嘿嘿，难道你是神仙？是广成子？是汉钟离？看你穿得这么邋遢……"

"你神气？你也不过演些假凤虚凰的东西骗人家的钱罢了！"

"骗钱？我好好地为人消闲散闷，赚钱是该的，何况像你这种连'被骗钱'的资格也没有呢，做道士的只好沿街化缘，谁曾见和尚道士来看戏的？"

"你想想，你为什么要做送，还不是为了养家活口？手下二十几个人，不由得你不演，这样演了戏吃饭，吃了饭演戏，这种日子有什么好？还不如跟我出家了吧！出家的好处说不完哩！"

"出家？哈哈，我疯了不成？谁要跟你出家，我目前正是红得发紫，要吃,有珍肴百味,要穿,有绫锦千箱,出了家跟你挖野菜吃?捡烂布穿?到茶楼酒馆去化缘,吃人家歌女娼妓吃剩的半碗面条?呸,你这疯子,你害得我们今天戏唱不成,你滚吧!"

"我偏不走!"

"好,你不走,"蓝采和转身走了,"王把色! 去把那不讲理的疯子锁在里面,他不走,就让他待在里面,弄得我脾气来了,锁他十天,看他死不死?"

场上的锣鼓一时都歇了,空空的勾栏显得有几分凄凉,蓝采和怒气冲冲地往外走,可是,忽然,他心里难受起来,明天是自己的生日,生命也有一天说散戏就散戏了吧! 他莫名其妙地惆怅了。

猛回头,只见门锁已脱,那道士早已不见了影子。

祥云缭绕的寿星图挂在墙上,酒香弥漫了一室,洛阳城里大大小小的戏子都来了,敬酒的敬酒,唱曲的唱曲,满屋子里全是聪明漂亮而又热络的人物,酝酿出一种又喧腾又亲切的气氛。

"哇——哇——哇!"

忽然,大家都停止了笑语欢言,门外传来清晰犀利有如刀削一般的三声大哭。

贺寿的人一时面面相觑,正在大家还没有来得及反应的时候,忽然又传来三声叹息:

"唉——唉——唉!"

所有的人一时都变了色,那声音空洞哀感,震得人觉得自己像一棵在风中落尽千叶的白杨树。

"王把色,你去看看怎么回事。"

"管他的,哥哥,咱们继续喝酒!"

可是蓝采和喝不下去了。他急急地跑去开门。

"原来又是你。"

"是的,我又来了。"道士疯疯癫癫地笑着。

"算了,算了,我也不跟你计较,我今天过生日,是寿星,不想搞是非。"

"嘿,嘿,现在是寿星没错,你怎么知道待会儿不是灾星呢?"

"你凭什么来说这种不吉利的话?"蓝采和渐渐感到自己的忍耐要到头了。

"咦?不过一句话罢了,又没伤你的皮肉。"

"你滚,你滚,你去化缘,去弄些汤饭把自己肚皮撑饱是正经,少在我这里讨骂挨……"

大家合力闩上门,重新举杯,一时只见觥筹交错,屋子里重新喧嚣着酒令和笑话。

可是蓝采和不知为什么心上闷闷的,错觉里他一直听到那三声啼哭和三声叹息,从小扮戏到现在,他从来没有听到哪一个戏子可以把人世的辛酸、空虚和悲凉表现得这么彻底:

"开门!开门!"又是一阵急促的拍门声,声音极不礼貌,"蓝采和官身,快点!快点!"(注:官身系当时的不合理现象,即艺人有时必须应官府之召,前去唱戏)

"谁?"

"大人要你官身!"

"我今天过生日,贺客盈门,做主人的自己跑了怎么像话,叫王把色去好了!"

"不行!"

"李簿头好不好?"

"不要!"

"我找些旦角去可以吧？"

"不要啰唆，大人指名要你。"

"唉，算了，算了，我今天哪来的霉运，一口酒也喝不成，我去就是了！"

远远，他看到高大华丽的官厅，州官穿着镶金绣银的衣服坐在上方，整个大厅看来如此堂皇吓人，如此虚渺而不真实，像一场梦境。

"蓝采和，你好大胆！"

他不由自主地跪下去。

"你傲慢自大，失误官身，你眼里还有我这个州官吗？给我拖下去，打四十大板！"

他惊惶四顾，人生，怎么会是这样的，刚才还有人来向他拜寿，刚才还有乖巧的晚辈尊称他为当今的梨园领袖，怎么一下子就天地变色了。四十板？四十板打下来，不死也要落个残废，他想到戏台上那些动刑的场面，怎么会料到有一天假戏成真。

"世事无常云千变，你道是寿星，我道是灾星，寿星灾星弄不清……"

那熟悉的声音又出现了，蓝采和一抬头，这是他第三次看见那道人。

"师父，救我！"

"我救了你，你就要跟我出家！"

"好！"蓝采和一咬牙，答应了。

师父上去和州官说了，州官点了头：

"好，既然是师父要收你去做徒弟，我就饶了你，你跟了师父去吧！"

蓝采和站起来，弄不清是虚是真，人生竟比扮戏还情节迭起啊。

"师父，"他跟在那个脏道人后面，"我那天就觉得蹊跷，怎么我锁上门，你却不见了。"

"嘿，嘿，那算什么，看得见锁的地方未必锁得住人，看不见锁的地方未必是自由的,金锁玉锁,名缰利锁才是真锁哩,蓝采和,你回头看看宫厅在哪里?"

暮色中,他猛一回头,不禁倒抽一口冷气,旷野中哪来的玉阶碧瓦,哪来的飞檐画壁? 不过是一片荒烟蔓草罢了。

"师父,恕弟子愚眉肉眼,不识高低,师父究竟是谁?"

"我是汉钟离。"

"那州官呢?"

"是吕洞宾。"

"师父,那,我又是谁呢?"

"你是蓝采和,洛阳城的千万人里,独独你有成仙之分,可是现在还不行,等你修行圆满,才能同赴阆苑瑶池。"

蓝采和跟着师父,头也不回地一路走了。

一个响当当的名角就如此消失了,洛阳城里到处在传着他的故事。有人说,他的妻子曾试图拦住他,要跟他一起去求仙,但他拒绝了,他说:

"成仙这种事是有机缘的,夫不能度妻,父不能度子,各人只能自己成道。"

有人说,曾在市井间看见他唱一首"青天曲",舞一阕"踏踏歌",那歌词舞姿都很怪异,看过的人一直记得:

踏踏歌

蓝采和

人生得几何

红颜三春树

流光一掷梭

埋的埋

拖的拖

……

遇饮酒时须饮酒

得磨跎处且磨跎

……

但只开口笑呵呵

何必终日贪名利

不管人生有几何,有几何

……

三十年过去了,洛阳城里,梁园棚内,仍然锣鼓喧天。

老一辈的或七十,或八十或九十了,他们正坐在戏台一角,擂鼓敲锣。而场子上的生旦净末丑全换了人了,当年的孩子如今挑了大梁,勾栏是永恒的,一代去了,一代又来。当年拖着鼻涕在大人腿缝里钻来钻去的小观众,现在正大模大样地坐在前排看戏了。而一切人间的悲哀欢乐和无奈的情节仍在场子上一场一场地重复地上演着……

"今天,你已经功成行满了,"汉钟离说,"我们同赴瑶池阆苑吧!"

他们一起往前走。

忽然,蓝采和停住了脚,他听到锣鼓和琵琶的声音,这种脉搏和心跳一样熟悉的节奏啊,他的两眼微微地湿了。奇怪,师父说今天已经功成行满了,但是,为什么一听到那喧哗的锣鼓点,仍然忍不住内心的激动。忘不了唱苦戏时满园的唏嘘和眼泪,忘不了观众在唱腔响遏行云之际高声地叫"好——",忘不了戏散人尽之后缓缓收拾砌末(注:砌末即道具)时,那一丝丝微涩的甜蜜……

"你们是哪个班子的?"他忍不住跑过去问。

"我们是蓝采和的班子——蓝采和求道去了,我们留下来做戏。"

"你们是蓝采和的什么人?"

"我们是他兄弟,那个是他妻子。"

"你们怎么都这么老?"

"嫂嫂九十,我八十,另外那个弟弟七十……这位师父,你怎么称呼?"

"我就是蓝采和啊!""蓝采和? 他走了三十年也该快九十了啊,怎么你看来这么年轻?"

"三十年? 没有,我才出去修行三年啊!"

"是你?"他的妻子慢慢策杖走过来,"蓝采和?"

整个剧团的人都围拢来。有的人脸上涂了一半油彩,有的人背上扎了一大排令旗,有的人正在把眼角吊起……

"喜千金!"他叫起妻子的艺名。

望着对方的衰飒的容颜,稀疏的白发,他怀疑了,究竟彼此一别是三年,还是三十年?

"哥哥,你三十年来一点也没变老,嗯,好像反而更年轻了,哥哥干脆再来扮戏嘛!"

"哥哥还可以扮小生呢,哥哥的扮相一定好!"

"看戏的人都还记得你,你再回来嘛!"

"不管唱腔,不管身段,洛阳城里三十年来还没出个比哥哥当年出色的!"

"你当年的戏服还在,别去做神仙了,换了衣服,我们再来串一场戏吧!"

听到衣服,他的心动了,当年挖空心思做的那些衣服,演武戏小尉迟的那件多紧俏,演韩愈"雪拥蓝关马不前"那件多落拓……笛声扬起,一阵紧似一阵,啊,勾栏,生老病死,悲欢离合,永恒的勾栏,忽然,他伸手去揭帐幔,想要找一件三十年前的戏服。

帐幔拉开,一件衣服也没有,只见里面坐着师父汉钟离。他在愕然中垂下了手。

"许坚,"师父笑了,"你还留下这一点点尘缘,这一点点凡心,现在好了,一切都到此结束了,你可以跟我走了。你原来是八仙里的蓝采和,现在是该你回去的时候了——"

他点点头,感到身子逐渐轻起来,飘起来,升起来,红尘渐远,白云拂面,只是在茫茫无际的寰宇中若有若无的,他仍然听见,那像胎动一样温柔而强大的声音:"冬冬冬呛呛——冬冬呛——冬呛冬冬呛……"

潘　渡　娜

回想起来,那些往事渺茫而虚幻,像一帧挂在神案上的高祖父的写像,明知道是真的,却给人一种不真实的感觉。但也幸亏不真实,那种刺痛的感觉,因此也就十分模糊。

那一年是一九九七,二十世纪已被人们过得很厌倦了,日子如同一碟泡得太久的酸黄瓜,显得又软又疲。

那时候,我住在纽约离市区不太远的公寓里,那栋楼里住着好几百户人家,各色人等都有,活像一个种族博览会。我在我自己的门上用橘红色油漆刷了一幅八卦图——不然我就找不到自己的房子。我没有看门牌的习惯,有时候我甚至也记不得自己的门牌,我老是走错。

就因着那幅八卦图,我认识了刘克用。而因为认识刘克用,我们便有了那样沉痛的故事。

那是一个周末的下午,他到这里来找房子,偶然看到那幅八卦,便跑来按了铃。

"这是哪一位画家的手笔?"他用英文问我。

"不是什么画家,"我也用英文回答,"是一个油漆匠随便刷的。"

"美国没有这样的油漆匠！他们不懂,他们只会把油漆放在喷漆桶里,再让它喷出来。"

"是美国的中国油漆匠刷的。"

"是你?"他迷惘地望着我。

"是我。"

"你看,我就知道不是美国人画的,"他高兴地伸出手来,"而且,能画这样的画,也不是油漆匠。"

"跟油漆匠差不多,我是一个广告画家。"

"对不起,你能说中国话吗?"

"我能。"

"我是刘克用。我想来看看房子,想不到看到这幅画,可惜是画在门上的,不然我就要买去了。"

"我也后悔把它画在门上了,否则的话倒捡到一笔生意了。"

那天我请他到房间里面坐坐——结果我们谈了一下午,并且一起吃了罐头晚餐,而他的决定是不租房子了,反正他原来的意思也只是想偶然休假的时候,找个离实验室远一点的地方休息一下,现在既然跟我这么相契,以后尽管来搭个临时的床就算了。

他是一个生化学家,我从来还没有这么体面的朋友呢!

重新有机会说中国话的感觉是很奇妙的,好像是在某一种感触之下,忽然想起了一首儿时唱过的歌,并且是从头唱到尾以后,胸中所鼓荡起的那种甜蜜温馨的感觉。

我和刘克用的感情,大概就是在那种古老语言的魅力下培养出来的。

*

一开头，我就觉察出来刘克用是一个很特殊的人，他是一个处处都矛盾的人，我想，他也是一个痛苦的人——正如我是一个痛苦的人一样。

他有一个特别突出的前额，和一双褐得近于黑色的凹下去的眼睛，但他其他的轮廓却又显得很柔和，诸如淡而弯的眉毛，圆圆的鼻头，以及没有棱角的下巴。

据他自己说，做生化学家是一件很简单的事，只需要把一个试管倒到另外一个试管，再倒到另外一个试管里去就行了。

"做广告画家更简单，"我说，"你只要把一罐罐的颜料放到画布上去就行了。"

"你不满意你的职业吗?"我们几乎同时这样问对方。

然后，我们又几乎同时说"不"。

可是，我知道，事实上，他一方面也深深以此为荣。我不同，我从来没有以我的职业为荣过，我所以没有辞职是因为我喜欢安定。有一次，是好多年以前了，我拿定主意要去找一个新职业，我发动我的车，想到城里去转一下，看看有什么地方招工。可是，忽然间，我发现我糊糊涂涂地竟把车子又开回广告社去了。

从那以后，我就认命了。

"像我这种工作，"我说，"倒也不一定要'人'来做。"

"哈"，他笑了起来，"你当别人都在做人的工作吗? 你说说看，现在剩下来，非要人做不可的事有几件?"

"大概就只有男人跟女人的那件事了!"

我原以为他会笑起来，但他却忽然坐直了身子，眼睛里放出了交叠的深黑阴影，他那低凹而黯然的眼睛像发生了地陷一样，向着一个不可测的地方塌了下去。

　　　　　　　　　　　　　*

　　长长的一个夏天，我不知道刘到哪里去了。我当然并不十分想他，但闷得发慌的时候就不免想起那次一见如故的初晤，想起那些特别触动人某些情感的中国话，想起彼此咒骂自己的生活，想起他那张很奇怪的脸。

　　有一天，已经很晚了，他忽然出现在我的门口，拎着一个旧旅行袋，疲倦得像一条用得太久的毛巾，我下意识地伸出手去抢着扶他，等我们彼此觉察的时候，我连忙缩回手，他也赶快站直了身子。

　　"那实验会累死人的。"他撇着嘴苦笑，但等他喝了一杯水，却又马上有了开玩笑的力气了，"喂，张大仁，如果今天晚上我死了，你应该去告诉他们，这种搞法是违法的，是不人道的，是谋杀。"

　　"去中国法庭呢，还是美国法庭？"

　　"去国际法庭吧！"他把鞋子踢了，赤脚坐在地板上，像要坐禅似的。

　　"你知道我今天来做什么？"

　　"不是真的留遗言吧？"

　　"不是，来告诉你，今天是七夕，很有意思的，是吧？"

　　我忽然哽咽起来，驾那么远的车，拖那么累的身子，就为告诉我这一点吗？

　　我曾经读过那些美丽的古典故事，那些古人，像子期和伯牙，像张邵和范式，但那不是一九九七，一九九七的七夕能有一个驶车而来的刘克用就

165

已经够感人了。

"我照了一张相片，"他说，"很有意思的，带来给画家看看。"

那是一张放大的半身像，在实验室照的，事实上看得清楚的部分只有半个脸，他的头俯下去，正在看一列试管，因此眉毛以下的部分全都看不见，只有一个突出的额头，像帽檐似的把什么都遮住了。

而相片上大部分的东西是那些成千累万的玻璃试管，晶亮晶亮的，像一堆宝石，刘克用的头便虚悬在那堆灿烂的宝石上。

"还好吗?"

"不止是好，它让我难过。"

"你也难过吗? 说说看，它给你什么感觉。"

"我说不出来。"

"我来说吧，这是我们实验室里的自动照相设备照的，事实上并不是照我，而是照我那天做的一组实验。但我偶然看到了，大仁，我想流泪了，大仁，你看，那像不像一个罪人，在教堂里忏悔，连抬头望天都不敢。"

"我倒想起另外一个故事，一则托尔斯泰写的小故事，他说，从前有一个快乐的小村庄，大家都用手工作，大家都很快活，但有一天，魔鬼来了，魔鬼说:'为什么你们不用脑子工作呀?'"

"你是指我的大脑袋吗?"

"正是，你就是拿脑子去工作的。"

"我不过就是脑袋大罢了。我并不比别人多有脑子。"

我们又把那张相片看了一下，真是杰作——可惜是电眼照的。

"我带来一根笛子，"他说，"你喜欢的吧?"

"喜欢，你能吹吗?"

"不太能，但就让它放在膝上，陪我们过今年的七夕，不也就很奢侈了吗?"

"古人是没有什么悲剧的想象力的,"我说,"他们所能想出的最惨的故事就是两人隔了一条河,一年才见一次面。而事实上呢?不要说两人,就是一个人,有时一辈子也没有被自己寻到啊!"

"好啦,老兄,为那个不善写悲剧的时代干杯吧!"他举起了他的盛满水的杯子。

我也举起我的。

可惜我们没有一座瓜棚,不然我们就可以窃听遥远的情话。

那一夜他没有吹笛,我不久就睡了。但在梦里,我却听到很渺然的笛声。很像我小时候在浓浓的树荫下所听到的,那种类似牧歌的飘满了中国草原的短笛。

*

又过了两年,一九九九年的感恩节,我接到他的电话。

"我要去看你,"他说,"你托我的事我给你办好了。"

"我没托你什么事!"

"啊,也许没托吧。不过总之我替你解决了你需要解决的问题。"

"可是,什么是我需要解决的问题?"

"我到的时候你就知道了。"

他来了,满脸神秘。我浑身不安起来。

"我要给你介绍一个女朋友,很漂亮的。"

"唔,可是,你为什么不留着给自己。"

"老弟,听我说,"他忽然激动起来,"你三十五,我却四十三了,我不会结婚了,你懂吗?我没有热情可以奉献给婚姻生活了,我永生永世不会走入洞房了,我只会留在实验室里。"

"你比我更有资格结婚,你有一切,我却什么都没有。"

"但婚姻是给'人'的恩赐,我差不多等于不是人了,大仁,你也许还不太认识我,你只和度假中的我谈过话。"

"好了,刘,如果只是介绍女朋友,你就径自带来好了,这不是什么严重的事。"

"可是,可是比女朋友严重些,我是要你们结婚的,你明白吗?"

"我对任何女人都没有偏见,只是,我怎么晓得我该不该接受,我怎么能保证我要她。她是什么人?天哪,刘,你真是冒失得有点滑稽了。"

"并不完全跟你想象的一般滑稽,大仁,古老的年代里人们找个瞎子,合个八字就行了,奇怪,爱情跟瞎眼的关系似乎总是很密切的。更古老的年代更简单,做男人的只要揪住女人的头发拖她回洞,而女人也只要装作力不胜敌的样子就可以了——这就是所谓发妻的由来吧!"

"刘,你老实说吧,你是哪里来的灵感。你是什么时候想起要当月老的?"

"从第一眼看到你,大仁,她,那个女孩子,需要一个艺术家。"

"我不是艺术家。"不知为什么,提起这个头衔,我就觉得被损伤。"我开头就告诉你了,我只是个油漆匠!"

"我也开头就告诉你了,"他提高了嗓门,"你不是,你是一个艺术家,艺术家就是艺术家,艺术家可以去擦皮鞋,但他还是一个艺术家。"

"艺术家又怎么样?"我很不高兴地说。

"艺术家给一切东西以生命,你难道不知道吗?你没有读过那个希腊神话吗?那雕刻者怎样让他的石像活了过来?你不羞吗?你不去做你该做的，整天只嚷着自己是个油漆匠。"

"好吧！你要我干什么，我只是一个男人，我不是神。跟我结婚的女人从我这得不到什么，除了一个妻子该得的以外。"

"好了，你听着，有一个女孩子，叫作潘渡娜的，是一个美丽而纯洁的女孩子，我不知道该怎样形容她，我爱她——像爱女儿一样地爱她，否则，我就要娶她了。"

"潘渡娜？你是说她是中国人吗？"

"为什么姓潘就一定是中国人？她不是任何民族，她只是这地球上的人。"

"好吧，我倒也不太在乎她是哪里人，她多大了？"

"你为什么一定要知道她的年龄呢？总之，你看到的时候，你就会知道，她当然是年轻的，年轻而迷人。"

"她住在哪里？刘，你为什么看来这样神秘？"

"她当然住在一个地方，但我不能告诉你，除非你对她有兴趣。"

"我当然对她有兴趣，我对任何女人都有兴趣，只是我不一定有娶她的兴趣。"

"好吧，我不相信你不着迷，大仁，她的背景很单纯，她没有父母，她随时可以走入你的家，她受过持家和育婴的训练，我知道她该得到你的爱，我知道，我是她的监护人。"

他说着，忽然激动起来，深凹的眼眶里贮满了泪水，他便不住地拿手绢去擦泪，而他擦泪的手竟抖得不能自已。

"她是全世界最完美的女人！你凭什么不信，大仁，你可以杀我，但她是全世界最完美的女人，至少比夏娃好，比耶和华上帝造的那个女人高明。"

他哭了。

"你喝了酒吗？刘,你不能平静一点吗？为什么弄出一副老父嫁女的苦脸来呢？"

"因为,"他黯然地望着我,"事实上差不多就等于老父嫁女了。"

"她在哪里,你打算什么时候带她来？"

"在旅馆,明天来怎么样？"

"好吧。"

我虽然觉得有些不妥,但想想也犯不着那么认真,刘或许是真的喝了酒,我还是别跟他争论算了。

潘渡娜真的来了,跟在刘克用的背后。

有些女人的美需要长期相处以后才能发现,但潘渡娜不是,你一眼就看得出她的美。

她的皮肤介于黄白之间,头发和眼睛是深棕色,至于鼻子,看起来比中国人挺,比白种人塌,身材长得很匀称,穿一身白色的低胸长袍,戴一顶鹅黄镂空纱的小帽。很是明艳照人。

她显然受过很好的教养,她端茶的样子,她听别人说话时温和的笑容。她临时表演的调鸡尾酒,处处显得她能干又可亲。

什么都好,让人想起那篇形容古美人的赋,真是所谓"增之一分则太长,减之一分则太短,着粉则太白,施朱则太赤"。

真的,潘渡娜给人的印象就是这样的,她就像按着尺码订制的,没有一个地方不合标准。譬如说她的头发,便是不粗不细,不滑不涩,不多不少,不太曲也不太直。而她的五官也那样恰到好处地安排着,她很美丽,但不至于像绝色佳人。很聪明,很能干,但不至于掠美男人。很温柔,但不至于懦弱。很聪明,但不至于像天才人物。

总之,她恰到好处。

但是,我一想起她来,就觉得模糊,她简直没有特征,没有属于自己的什么,我对她既不讨厌也不喜欢。

她像我柜子里的那些罐头食物,说不上是美味,但也挑不出什么眼儿。

"我们的潘小姐很可爱的,是吗?"

我没有想到刘当面就这样说话。

"是的,"我很不自在,"的确是让人动心的人物。"

"谢谢你们。"她用一种不十分自然的腔调说着中国话。

"如果你愿意,"刘又说,"随时可以到张大仁这里来,他是一个艺术家。"

"哦,艺术家。"她轻轻地叹了一口气。

"唔,并不是随时可以来,星期一到星期五,我要上班,下午一点钟才回家,圣诞节快到了,我们很忙呢!"

"没关系,上班时间我不会来的。"

我暗暗吃了一惊,她的意思是不上班的时间都要来吗? 但后来想想,也没有什么,有些女孩是生来就比较大方的。

"潘小姐不上班吗?"

"现在还没有,不过有一个服装设计师要我做他的模特儿。"

她的确很适合做立体的衣架子,她有那么标准的身段。

我们的初晤既不罗曼蒂克,也没有留下任何回忆,其实如果把女人分为端庄的和性感的两种,潘渡娜倒是比较偏于后者的——只是,不知为什么,她一点都不使人动心,她应该只适合做空中小姐或是女秘书或是时装模特儿,但决不是好的情人。

其实许久以来我一直想有一个家,一个女人。我的同事们都只想片面解决，我却留恋着旧有的一劳永逸的办法。但，潘渡娜让人有触到塑胶的感觉——虽然不至于像触到金属那么糟。

但真正糟糕的地方也许就在这里，她并没有像金属那样触手成冷，我也就没有立刻收回我的手。

*

那些日子很冷，早落的雪把人们的情绪弄得很不好。

潘渡娜常来，自己带着酒，我真喜欢那些酒。还有那些她做的酒菜。

有一天晚上潘渡娜刚回去，电话就响了。

"你到底打算不打算写订货单？"

口气很强硬，我一时愣住了，不知对方是什么意思。

"喂，我说，你打算不打算写订货单？"

这一次是用中文说的，我晓得除了刘克用没有别人。

"什么货单？"

"潘渡娜，"他说，"她等着结婚，她贴不起那么多的旅馆钱和酒钱了。"

"唔，"我说，"我的周薪你是晓得的。"

"我晓得，她不白吃你的，她有一笔财产，每个礼拜可以领到两百块的利息——她花不了你一百的，你只会赚不会赔的。"

"那更糟，刘，我不喜欢有钱的女人，人都很自私，都想在婚姻生活里占上风，我怕我伺候不了潘渡娜。"

"听着，大仁，你如果一定要拒绝幸运，我也没有办法，潘渡娜还不至于找不到丈夫。"

"这倒是真的。"

"可是我希望是你。"

我沉默了,如果和潘渡娜结婚,事实上也没有什么不好。但我有一点怕她,记得小时候,我从不敢去插电插头,我怕那偶然跳出来的惨绿的火花。我对所有新奇的东西天生就有一种排拒心理。

"大仁,你决定了吗?"

我仍然沉默,因为我不知道除了沉默我还能做什么。

"这样吧,我想不必拖太久了,十二月二十四日怎么样?我带她去找你,然后我们一起上教堂,我就先和牧师约好,否则那一天他们准没有空。一切都简简单单就行了。"

"再拖几天吧!我要交一批货。"

刚说完,我就后悔了,我这样说等于承认了。

"啊!"我立刻听到一声欢呼。"当然,延几天也好,潘渡娜也需要准备准备。"

那天晚上,我洗了澡,照例喝一杯冰牛奶,就去睡觉了——我奇怪我睡着得那么快,我简直连一点兴奋的感觉都没有。

*

婚期定在十二月三十一号的晚上,一九九九年的最后一天。

中午,潘渡娜和刘来了,她穿着粉红的曳地旗袍,外面罩着同质料的披风,头上结着银色的阔边大缎带,看起来活像一盒包扎妥当的新年礼物。

教堂就在很近的地方,刘把我们载了去,有一个又瘦又长的牧师已经在那里等着我们了。

那几天雪下得不小,可是那天下午却异样地晴了,又冷又亮的太阳映

173

在雪上,倒射出刺目的白芒,弄得大家都忍不住地流了泪。

牧师的白领已经很黄很旧了,头发也花斑斑的不很干净,他的北欧腔的英语听来叫人难受。

"刘,你是带她来赴婚礼的吗?"他照例问了监护人。

他叫"刘"的时候,像是在叫李奥(Leo),刘跟那个一世纪的大主教有什么关系?

刘忙不迭地点了头,好像默认他就是李奥了。

牧师大声地问了我和潘渡娜一些话,我听不清楚,不过也点了头。

于是他又祈祷,祈祷完,他就按了一下讲台旁边的按钮,立时音乐就响起来了。我和潘渡娜就踏着音乐走了出来,瘦牧师依然站在教堂中,等我们上了车,他就伸手去按另一个钮,音乐便停止了。

我们的车子一路回来,车轮在雪地上转动,吱然有声。刺人的白芒依然四边袭来,我忍不住地掏出手帕来揩眼泪。

*

回到公寓,走进有八卦图的门,我舒了一口气。

刘克用很兴奋,口口声声嚷着要请我们去吃中国饭,我和潘渡娜各人坐在沙发的一头,尴尬得像旧式婚姻中的新人。

潘渡娜换了一件紫红色的晚礼服,松松地搭着一条狐裘披肩。

我这才注意到,不管世纪的轮子转得多快,男人把世界改成了什么模样,女人仍然固执地守着那几样东西——晚礼服、首饰、帽子和狐裘披肩。

我们吃了炒面,很不是味儿,正确点说,应该是"切丝的牛排炒条状的麦糊"。

我们又喝了酸辣汤，并且最后还来了一道甜得吓人的八宝饭。

然后我们留在那里看表演，那时候我才很吃惊地发现，虽然在纽约住了十年，我所知道的却只限于从公寓到广告社之间的那条街，夜总会的节目竟翻新得叫人咋舌。第一个节目是三个身上除了油漆外什么也没有的男女的合舞，两个女人，一个漆成豹，一个漆成老虎，那个男人则漆成胸前有 V 字纹的灰熊。当他们扭舞的时候，侍者就给每人一支水枪，里面装着不知是什么的液体，大伙儿疯了一样地去射他们，水枪射及之处，油漆便软溶溶地化了，台上不再有野兽，台上表演者的胴体愈来愈分明。相反地，台下的都成了野兽，大厅之中，吊灯之下，到处是一片野兽的喘息声，呐喊的声音听来有一种原始的恐怖。而侍者说，这只是开锣戏，下面一个比一个刺激。

当着新婚的妻子，我只是捧场性地，射了几枪，潘渡娜和刘克用也射了，都是很文雅的动作。

"我们走吧!"刘说，"春宵一刻值千金哪!"

我们于是在惊人的混乱中离开了，我们婚后的第一个节目便告结束。

回到家，洗了澡，已经十一点了。

"我能在起坐间打个盹吗? 新郎官。我今天太兴奋，喝了太多的酒，又开了太多的车，现在天已晚，路又滑，我怕我是很难赶回去了。"

我愣了一下，但我想到这些日子来他的友谊便尽快地点了头。

"不要讨厌我，"他说，他的语调在刹那间老了十年，在寒夜里显得疲乏而苍凉，"天一亮我就走。"

然后他叫过潘渡娜，吻了她。

"也许我再不会看见你了，潘渡娜。从今天起做大仁的妻子，你要恪尽妇职。"

然后他又叫过我，把潘渡娜的手交给我。

"潘渡娜的英文名字是 Pandora，你知道吗？在古希腊的年代，众天神曾经选过一个极完美的女人，作为礼物，送给一个男人。而潘渡娜是我送给你的，她是一个礼物，珍惜她吧！"

那一刹间，我深深地感动了，刘哭了，他看来好像真正的牧师，给了我们真正的祝福。

不过，那只是一霎间。很快地，他的深深的眼睛中流过一种阴阴冷冷的冰流，他的近于歹毒的目光使我又迷惑又悚然。

*

那是一九九九年的最后一夜，那是我和潘渡娜的第一夜。我们躺着，黑暗把我们包裹起来，我忽然想起晚餐后的那些节目，人和兽的分野在哪里？

我们开始彼此探索，为什么男人和女人的认识总是借着黑暗，而不是光亮？

渐渐地，我听到她满意的低吟，我的肌肉也渐渐松弛下来，就在那时候，我听到教堂的钟响，那样震彻天地的、沉沉的世纪之钟。二十世纪结束了，新的世纪悄然移入。

突然间，烟火像爆米花一样地在广大的天空里炸开了，那些诡谲的彩色胡乱地跳跃着，撒向十二月沉黑的夜。潘渡娜裸体的身躯上也落满那些光影，使她看来有一种恐怖的意味。

好久，好久，那些声音和烟花才退去，我恍恍惚惚地沉入渴切的睡眠里。

可是,是哪里传来笛声,那属于中国草原风味的牧歌,那样凄迷落寞的调子。

*

我的生活还是老样子,只是我很久不会看见刘了,那天早晨他很早就走了,我起来的时候,起坐间里只有缭缭绕绕的余烟。

我打电话给他,他们说他已经辞职了,新的住址不详,我只好留下电话号码。其实留不留都一样,他早就有我的电话号码了。

潘渡娜是一个很能干的主妇,只是有些时候她着实有点太特别。

"他们教我好多东西,"她说,"他们天天告诉我一百遍从起床到睡觉的侍候丈夫的要诀。"

"他们有时教我中文,有时教我英文,"她又说,"不过他们还是希望我嫁一个中国人,一个东方的艺术家对我比较合适。"

和大多数的丈夫一样,起先我没有注意她说些什么,时间久了,我不免有些怀疑起来。

"他们是谁,你从前没有提起过。"

"他们从前不准我说,所以我没说。"

"他们是些什么人?"

"他们就是一些人,他们教我很多东西。他们教我吃饭,教我走路,教我说话,教我各种学问。"

"你的意思是指你的父母吗?"

"不是,我没有父母。"

"胡说,你只是不晓得你的父母在哪里,人人都有父母的。"

"没有，真的没有，"她忽然得意地笑了，"刘克用说，虽然世界人口有六十亿，不过只有我一个人是没有父母的。"

"潘渡娜，你不能想想吗？你小时候的事你一样都想不起来了吗?"

"我没有小时候，我记得我本来就有这么大。"

"潘渡娜，你真荒谬，你不要这样，你再这样，我就要带你去看心理医师了。"

"我很正常。"她很不高兴地走开了。

这也许就是刘急于把潘渡娜弄出手的原因，她或许有轻微的幻想狂，其实，这也没有什么。我想，也许她是一个弃婴，曾经有一段时间失去过记忆。

我没有想到我完全错了。

*

有一天，那是二月初的一个下午，早春的消息在没有花没有树的地方还是被嗅出来了。

那天工作很闲，我提早回家，准备到郊外去画一幅写生，好几天前我就把我的颜料瓶都洗干净了，许多年没有画，所有的瓶瓶罐罐都脏成一团。

但一进门，我就愣住了，我的瓶罐都堆在地板上，潘渡娜伏在那些东西上面，用一种感人的手势拥抱着它们，她的长发披下来，她的脸侧向一边，眼泪沿腮而下。

看见我进来，她抬了一下头，随即又伏下去。

"你这是干什么，潘渡娜?"

她幽幽地哭了，让人心酸的哭。

"不要，潘渡娜，这些瓶子很容易破，它会扎着你的。"

"我想起来了，"她说，"我的生命便是这样来的，那里有很多很多玻璃管子，我被倒来倒去，我被加热，被合成，我被分解。大仁，我就是这样来的。"

"潘渡娜，"我说，"如果你喜欢瓶子，你尽可以拿去玩，如果你喜欢玻璃玩意儿，我可以给你买一些，但不要说这种奇怪的话，知道吗？"

她抬头望我，一句话也不说，豆大的眼泪扑簌簌地滴着，我忍不住拿起我的帽子，走出小屋，她使我吃惊了，这个女人。但我得承认，共同生活了两个月，我第一次发现她用这种神圣庄严的态度去爱一样东西，那决不是一种小女孩对玩物的情感，那是一种动人的亲情。平常她做每一件事都规矩而不苟，她做每一件该做的事，像一只上足了发条而又走得很准的钟，很索味，可是无懈可击。但今天，她的悲哀使她看来跟平常不同了。

胡乱地走着，我的心情意外的乱。

我还能说她什么，潘渡娜，她不会使我吃一点苦，不会花我一分钱，她漂亮而贞节，她不懂得发脾气，她只知道工作。所有好妻子的条件她都具备，所有属于人性的弱点她都没有。

但为什么我总是不能爱她，我们相敬如宾，但我们似乎永远不会相爱。

那些肌肤相亲的夜，为什么显得那样无效？那些性爱为什么全然无补于我们之间的了解？每次，当我望着她，陌生的寒意便自心头升起，潘渡娜啊！我将怎样得救？

走着，走着，来到一处广场，许多车子停在那里，我疲倦地坐下来，四面的车如重重的丛林，我是被女巫的魔法围困在其中的囚犯。

不知为什么，我忽然想起了中国，又是江南春水乍绿的时节，不知是否有白鹅的红掌在拍打今岁的春歌。

我又想起我的母亲,我很小的时候她就死了,她是一个苍白美丽的妇人,有着挑起的削肩,光莹的前额,极红极薄的嘴唇。没有人告诉过我,她到底死于什么病,我想或许是抑郁,她的眉总是锁着,眼睛总是很恍惚地望着什么地方。

寒冷的冬夜里,她总是起来给我盖被,她一路走过来的时候,我便听见她文雅的咳嗽声,我多么爱她!我常常故意踢掉被子,好让她的手轻轻地为我拉上,我有时也故意发几声呓语,好骗她俯下身来,给我温热的一吻。

但我八岁那年,她就死了。

我发誓要成为一个画家,并且要画一张她的像,这或许是我后来有机会到美国以后选择了艺术系的真正原因,但这都是很久以前的事了,我终于没有画她的像,也没有成为一个画家。

而此刻,头上是浅湖色的二月天空,雪已化尽,空气中有嫩生生的青草气息。我迷惘地坐着,我是什么人? 我从哪里来,我要往何处去?

而潘渡娜,我的妻子尚留在地板上,拥抱那一堆冰冷而无情的玻璃罐子,在那里哭泣。

必是她的哭泣里有些什么,使我无端地想起中国,想起江南,想起我早逝的母亲。

我起来,走到街角那里,打一个电话给刘。

"他不在这里,他离开了。"对方的口气十分不耐烦。

"他去哪里? 他不再回来吗?"

"谁晓得,"他说,"他在疯人院里。"

我吃惊地忘记说话,对方已把话筒掷下了,我后悔没有问他是什么医院。

沿着大街走回来,我的心绪紊乱得有如扑帘的弱絮。二十一世纪的第一个春天,在还没有绽放的时候,已被这些莫名其妙的事践踏了。

*

按着电话簿打了十几个电话,终于有一个医院承认有刘克用这个病人。

"李奥并不严重,"他们也念不准那个字,"他只是有些幻想狂,他老是说他是上帝。"

"他在几号病房?"

"不,他自己住在一个安静的别墅里,有特别护士照应他——可能是很重要的人物吧!"

他把别墅的地点告诉了我。

那天下午我便开车去找他,我终于找到一栋年代颇久的红砖房,房前的草地上开遍了灿黄的水仙。

特别护士告诉我他这两天非常安静,此刻正在后园里。

我走近他的时候,他正背对着我,向一片墙角的酢浆草而出神。他穿着一件宽袍,袖口上绣满了金线。

"我命令你们要生长,"他大声地说,用英文,"我是上帝,我是生命的掌握者。"

"这里有一位客人要见你。"

"带他过来。"他很庄严地说。

我走近他,面对面地注视着他的脸。

才两个月,他竟有了这般的变化,他的头发和眉毛都已落尽,前额因而显得更大更光秃了。深凹的眼眶也因此显得更低了。他的嘴松松地挂下,像一个放置太久的炸圈饼。

我们彼此注视着而不发一言。

"你是张大仁。"他用中文说。

"你是刘克用。"

"你错了,我是上帝。"

"是的,我刚听说了,但以前,在你还没有当上帝以前,你是刘克用,是吗?"

"是的,不过,我以前也是上帝,只是我到后来才发现罢了。"

"哪一天发现的?"

"第一次认识你那天我就发现了,以后逐步证实,直到你的新婚之夜,我得到了完全的证实。"

"你做上帝和我有关吗?"

"和你并没有太大的关系,和潘渡娜有关。"

"我可以知道吗?"

"可以,"他转过身去叫护士,"喂,天使长,给我们拿饮料来。"

饮料放在石桌上,我们便坐在石凳上。

"潘渡娜很好吗?"

"很好,只是昨天还抱着一大堆玻璃罐哭,她说,那是她生命中早期的居处。"

"她这样说吗?"他霍地站起身来,"她竟记得那么清楚吗?"

"记得什么?"

"好,我先问你,你可曾觉得潘渡娜跟真的女人有什么不同吗?"

"和真的女人不同? 她有很多说不上来的与人不同的地方,但她并不是假女人,为什么要和真女人不同?"

"好吧,大仁,让我告诉你吧,潘渡娜并不是普通女人,她是我造的,听着,她无父无母,她是我造的,她是从试管里合成的生命,那些试管就是怀孕她的子宫。我是造她的,你是用她的,好了,我说得够清楚了吧?"

我骇然地站起来。

"护士小姐,"我说,"他需要打针吗?"

"打针,哈,打什么针,我很正常。朋友,我很对不起你,我利用了你,但你也没吃什么亏,我辛辛苦苦造的女人,你却坐享其成。"

"刘,你为什么要这样想呢? 创造生命明明是不可能的。"

"不可能,谁告诉你的,半个世纪以前人们就已经掌握 DNA 和 RNA 的秘密了,生命并不像你想象的那么神秘,生命只是受精卵分裂后的形成物,我们只要造出一个精虫,一个卵子,我们只要掌握那些染色体,那些蛋白质和那些酸和碱,生命是很容易的。"

我哑然地望着他。

"潘渡娜是我们第一次的成功,我们不眠不休地弄了十五年,做了上兆次的实验,仅仅合成两个受精卵,不过已经够顺利了,那时候我把她交给另外一个小组,用试管代替子宫来抚育,但只有潘渡娜顺利发展成为胎儿。我们用一种激素促进细胞的分裂,在很短的时间内,她便成了一个女婴,我们来不及等她再过二三十年了,我们需要尽快观察她,我们让她在药物的帮助下尽快生长,事实上,她和你结婚的时候,她才不到三岁。"

"这是卑鄙的,刘,"我跳上前去掐住他,"你这假冒伪善的,你这猪。"

没有字眼可以形容我当时的悲愤,我发现我成为一种淫秽的工具,我是表演者,供他们观察,使他们能写长篇的报告。

护士小姐急速跑过来,拉开我们。

"我要叫警察逮捕你,"她狠狠地推我,"你不人道,你欺负一个精神不正常的科学家。"我这才想起他们都是一路的人。

"好吧,倒看是谁不人道,我要控告你们,你们这批下流的东西,你们设下这样的骗局,我不会干休的,呸。"

"你冷静点,大仁,"他慢吞吞地扣上被我拉开的纽扣,"你想你究竟损失了什么,潘渡娜是一个女人,一点没错的女人,跟夏娃的后裔没有什么不同,如果我不说,你一辈子也不知道。"

我气得语结了,我扶着头,一言不发。

"你忘了吗?第一次见面的时候,我们谈过彼此的职业,你说你的工作只要机器便可以操纵了,我说,如今世上剩下来只有人才能做的事也不多了,你说,大概就剩男人和女人之间的那件事吧!"

我不会忘记,他那天曾以那样黑黝黝的眼望着我。

"你使我吃惊,你刚好说中了我的心事,那时的潘渡娜只是一个合成卵,但我却在替她物色一个对象,我知道她所缺少的,我希望能找到一个东方艺术家,她是纯粹的物质合成物,也许你能给她另一种生命,大仁,我没有恶意。"

他的秃头渐渐低垂,向晚的夕阳照在其上,一片可怜的荒凉。

"当然,我们可以另造一个男人,让他们结合,但我们不能以两个假设的人互证,那是不合逻辑的,我们选择了你。那个夏夜,当我去看你的时候,潘渡娜已经是一个女婴了。她是一个很美的女婴,各种成分都照分量配合得很正确。那时候我们仍然没有把握,直到去年感恩节,我发现他们的合作已经把潘渡娜塑成一个美丽动人的人物了。他们利用她的潜意识,把她每一分智慧都放在学习上了,他们利用'学习阶次'的秘诀,那就是说,一个婴孩可能在第五天的上午学眨眼最有效,可能在第十天的下午学挥动手脚最有效,可能在一百七十六天到一百七十九天学语言单音最有效,可能在两百天到二百一十九天学长句最有效，他们一秒钟也没有浪费。"

"我们的步骤是合成小组、受精小组、培育小组、刺激生长小组和教导小组，我们花在她身上的金钱比太空发展多得多，至于人力，差不多是九千个科学家的毕生精力，大仁，你想想，九千个人的一生唯一的事业便是要看她长大——大仁，相信我，人类最伟大的成功就是这一次，而我是这个计划的执行人，大仁，我难道不是上帝吗？他们居然还说不是。"

他越说越激动起来，护士小姐又送上两瓶饮料，我这才注意到护士在倒饮料的时候，预先在他的杯底放下一片什么东西。

"大仁，老实说吧，耶和华算什么，他的方法太古旧了，必须一个男人和一个女人，然后十月怀胎，让做母亲的痛得肝摧肠断，然后栽培抚养，然后长大，然后死亡。"

"大仁，这一切太落伍了，而且产品也不够水准，大多数的人性都是软弱的，在身体方面他们容易生病，在心灵方面他们容易受伤，而潘渡娜不是的，她不生病，她不犯罪，她不受伤。"

也许是药物发生了作用，他渐渐平息下来。

"她是骡子吧，"我大声地嘲笑着，"她不会有孩子的。"

"她会有的，她一定会。我们造她的时候，既然给了她检验合格的证书，她就能，如果不能，那是你不能——其实她不必生孩子，那太麻烦，我们可以另外造——但目前我们先要她生，我们要证实一下。作为以后的参考。"

"如果她有，她不会爱，因为她不曾有父母的爱。"

"她会，我们会给她足够的黄体素，你以为母爱是什么？你以为那是多么值得歌颂的？那只不过是雌性动物在生产后分泌的一种东西，那种东西作怪，那些妈妈便一个个显出一副慈眉祥目的样子。"

"刘,你太过分了,什么鬼思想把你迷住了,我告诉你,你可以有你的解释,但我仍记得我的母亲,永生永世都记得。春天的早晨她坐在窗前编柳条篮,编好了,就拉着我的手走到溪边,在那里,我玩着清浅的溪水,而她,什么也不做,只怔怔地望我。"

"大仁,不管怎么说,母爱是很荒谬的东西,母爱只是自爱的一种延长,只是另一种形式的自私。母爱如果真是一种够神圣的爱,所有的母亲都该被这种爱净化了。如果所有的母亲净化了,今天的世界不是这个样子。"

"大仁,其实婴儿并不需要母亲,有人拿一组黑猩猩做实验,给它们一些柔软温暖而可抱的物品,它们便十分满足。又有人每天喂一只小鸭,它便出入追随,以为这人是一只母鸭子。"

"那么,大仁,只要我们能给孩子口腔的满足,肠胃的满足,拥抱的满足,爱护的满足,母爱就可以免了。"

那时,夕阳完全沉没,只剩下一片凄艳的晚霞。

"去吧,大仁,回到潘渡娜那里去,我们的试管每年度都要推出更进化的人种,遍满地面,将来的世界上将充塞着你们的子孙和耶和华的子孙,你们的子孙强健而美丽,不久就要吞吃他们的,去吧,大仁,你是众生之父,而我,是寂寞的上帝。"

暮色一旦注入空气,就越来越浓。我忽然想起那阕元曲:"枯藤老树昏鸦,小桥流水人家,古道、西风、瘦马。夕阳西下,断肠人在天涯。"

"众生之父?"我凄然地笑了,"告诉你吧,刘,你可以当上帝,但我并没有做众生之父的荣幸,我是我的母亲生的,我是在子宫中生长的,我是由乳房的汁水一滴滴养大的,我仍是耶和华的子孙,我仍是用最土最原始的法子造的,我需要二三十年才能长成,我很脆弱,我容易有伤痕,我有原罪,我必须和自己挣扎,但使我骄傲而自豪的,就是这些苦难的伤痕,就是这些挣扎的汗水。"

"我命令你，"他说，"去爱潘渡娜，我是上帝。"

"你不是说爱很荒谬吗？如果母爱是由于一种腺体作怪，男女的爱不也是另一种腺体作怪吗？她何必有人爱，她那么完全，她独来独往。她何必多我这个附属品。"

他没有答腔，我低头看他，他已经张着嘴睡着了，并且打着鼾。

"你可以走了。"护士冷冷地望着我，"这是他睡觉的时间。"

我默默垂首，黑色的夜已经挪近，而何处是我的归程？

"我放你进来是个错误。"她凶狠狠地说，"我原来以为你也是中国人，可以带给他一些愉快的话题，但你显然说了些对他不利的话，别以为我听不懂，我不能让你再来了，'李奥'是很重要的人物，我不能让他在我手上加剧。"

"怎样重要法？"

"这是机密，你不配晓得，"她做出女人们知道某项秘密时的刁钻模样，"全世界的人都晓得。"

"如果刘死了呢？"

"他不能死。他太重要。"

"疯了就等于死。"

"所以他必须痊愈。"

我苦笑了一下，对他说了一声"阿门"，便走入黑色汹涌的夜。

*

驱车在纽约的街道上，我一条街一条街地走着，直到油干了。我的车被迫停在路旁。

路边有一处酒店，我就走进去。

"最近有一种酒，"侍者说，"叫作千年醉，你要不要试试？"

"要！"我大声地说，大声得连眼泪都掉出来。

那天的酒是什么滋味，我已忘掉。只记得泪水滴在其中的苦咸滋味，警车送我回家的颠簸滋味，以及夜半呕吐的搅肠滋味。

*

而当我迷迷糊糊地躺着，我又听见呕吐的声音。我仍然在吐吗？我并没有吃晚饭，我究竟要吐多少？

凌晨五点，我真正地醒了，我又听见呕吐声。走入洗手间，是潘渡娜在那里。

她的头发凌乱，寝衣散开，蜡黄着一张脸。

"你这是干什么？"我本能地冲上去，恐惧使我的声音变成一种不忍卒听的尖啸。

那一霎间，我的悸怖是无法形容的，她的呕吐声使我有着不幸的预感。

她抬起头来，以一种无助的眼光望着我。我们彼此的目光接触的时候，我才发现我们都是不幸的人。

潘渡娜，潘渡娜，你是一种怎样的生物，愿你被合成的日子受咒诅，我坐在她的身边，纵声地哭了。

潘渡娜也哭了。而在那些哭声中，我们感到孤独，我们将永不相爱，虽然我们都哭。

二〇〇〇年,六月九日。不知为什么,我想着死。这些日子潘渡娜被"他们"接回去了。自从她说她不适并且想吐以后,他们就带她回去了,他们答应每到周末就要送她回来,但我不知道他们送了没有,每到周末我就开车去露营。

我想着死,与潘渡娜接触的那些回忆让我被一种可怕的幻象笼罩着。我总是梦见我被什么东西钳住,我也梦见狐仙,那些战颤了整个中国北方的民间传说。

而当我醒来时,我浑身皆湿,原始的恐惧抓住我,使我悚怖得像一个十岁的男童。

那一天,二〇〇〇年的六月九日,我照例从那样的梦中醒来,我的全身都尚存着清晰的被钳痛的感觉。

"恭喜你,"电话铃声响了,"我们预料你今天可能会做父亲——我们想办法把潘渡娜的怀孕期缩短了一半,这是我们初次的尝试,如果成功了,也许我们下一次可以缩短为四分之一。"

"祝你们成功。"我挂断了电话。

我在屋子里走着,垂地的窗帘尚未拉开,我如同掉在黑陷阱里的困兽。

电话铃又响了。

"我们就来接你,潘渡娜开始痛了。"

"不可能的,不可能的,我们不会有孩子。"

"不要固执,我们就来,如果一切顺利,今天中午我们要向全世界发布消息。"

走出公寓，太阳很刺目地照着，我忽然想起结婚那天，雪地上逼人的白芒。忽然有什么东西打在我的头上，我抬头一看，居然是一阵冰雹，像拇指那么大的，以及像拳头那么大的，天气忽然凝冻起来，我发着抖，在六月。

一辆黑色的车子停在我的面前，我跨了进去。

＊

潘渡娜躺在床上，我走进去的时候，她正开心地吃着桃子饼。

"发生了一点意外，"医生向我一摊手，"不知为什么，我们大家都错了。"

离床不远的地方，有一组人在那里用忽大忽小的声音辩论着。

我默默地垂手。

"每一种迹象，每一种检验都证实她怀孕了，"医生说，"但从早晨起，她的肚子逐渐消扁，并且每一项检验又都证实她肚子里并没有孩子。"

潘渡娜不说话，只是小声地向医生要了另外一种苹果饼。

"这不是很好吗？"我说，"我并不想要这个孩子，不过我抱歉让你们失望了。"

"我们可以再等第二次机会。"

"我可不可以请你们换一个厂家，我不打算负责替你们制造孩子了。"

"那不是我们的事，你和潘渡娜商量吧！你们的婚姻是有法律的拘束力的。"

"法律只保护人和人的婚姻。"

"潘渡娜完全等于人。"

"她不是。"

"她是。"

他们把我和潘渡娜放在一个车子里，打算把我们送回去。

"可不可以让我下来，"车子经过公园的时候，潘渡娜说，"我需要走一走。"

我们一起走下来，此刻又复是炎热的六月，直射的阳光好像忘记刚才下冰雹的那回事了。

潘渡娜跳跃着奔向草坪，我这才发现她跑路的动作多么像一个小女孩。她一面跑，一面回头看我，脸上带着怯怯的笑。

忽然，她躺了下来。她穿的是一件镶了许多花边的粉红色孕妇衣，当她躺在绿茵茵的草地上，远看过去便恍如一朵极大的印度莲花。

"我疲倦了，"她说，"我觉得我做了一个梦，很长很可怕的梦。"

我想告诉她，我也曾有噩梦，但我没有说，我们梦并不相同。

"给我那个东西，"她指着垃圾箱里一个发亮的玻璃瓶，"我喜欢那个东西。"

我取过来，递在她的手里，她把它贴在颊边摩擦着，她的眼睛里流出可怜的依恋之情。

"我厌倦了。"她又说了一次，声音细小而遥远。

"我觉得我的存在是不真实的，"她叹了一口气，"大仁，我究竟少了些什么东西？"

我俯下身去，她已闭上双目，我拉过她的手，那里已没有脉动。她的眉际仍停留着那个问号："大仁，我究竟少了些什么东西？"

六月的热风吹着，吹她一身细嫩的白花边，在我的眼前还幻出漫天纷飞的雪片。

我感到寒冷。

尾　声

十二月，我接到刘的圣诞卡，他已经搬了家。

那时候，我刚好得到一个短期的休假，遂决定去乡间看看他。

应门的是一个老妇人，我放了大半个心，如果是从前那位护士就麻烦了。

屋子里没有暖气设备，客厅中毕毕剥剥地烧着松枝，小小的爆裂声要多么古典就有多么古典。

"他已经知道了吗？"我问老妇人。

那老妇人也许有重听的毛病，没有理我便径自走了。

我无聊地望了一阵火光，才猛然发现刘就在客厅里，在离火较远而光线也较黯淡的一个角落，他垂头睡在一张很深很大的黑色沙发里，他的中国式的长袍是蓝黑色的，一时很难分辨。

"刘克用，"我走上前去摇他的肩膀，"刘，你不能醒醒吗？"

他慢慢地揉着眼睛醒过来，看见是我的时候竟一点惊讶的表情都没有。

"哎，"他打着哈欠说，"我早就想着你该来的。"

"潘渡娜死了。"我说。

"我知道。"

我们互相注视了一会儿，现在我明白什么是"恍如隔世"了。

"你还当上帝吗？"

"不当了。"他苦笑了一下。

"是因为潘渡娜的死吗？"

"也可以这么说。"

他站起身来，缩着脖子搓手，完全一副老人的样子，慢慢地，他走到窗口，又慢慢地，他走向炉边。当他点燃他的烟斗的时候，我知道他有一段长话要说了。

"大仁，我或许该写本忏悔录，不过后来想想也就罢了。大仁，上次你来以后，我的病况就更重了，因为他们告诉我，潘渡娜怀了孕。大仁，他们多么幼稚，他们竟以为我听到那样的消息便会痊愈。大仁，那一霎间多么可怕，我竟完全崩溃。大仁，当你发现你掌握生命的主权，当你发现在你之上再没有更高的力量，大仁，那是可怕的。生命是什么？大仁，生命不是有点像阿波罗神的日车吗？辉煌而伟大，但没有人可以代为执缰。大仁，没有人，连他的儿子也不行。"

"有那么长一段时间，我渴望着'潘渡娜一号'能够成功，但事实上，我并不懂得我正在做些什么，在渴望着什么。大仁，那是很奇怪的，我小的时候住在乡下，我们的隔壁是一个雕刻像的，每次他总是骗别人，说他雕的神像特别灵验，他半夜起来的时候常看见那些关公，那些送子娘娘都在转着眼珠子呢！但有一天，也许是他工作过分疲劳，他看见张飞的眼睛眨了几下，他就立刻赤脚而逃，昏倒在院子里，并且迷迷糊糊地嚷着：'他，他，他的眼珠子在动。'"

"大仁，这些年来，所有研究生化的人都梦想在试管里造生命，大仁，当我们这样嚷着的时候，我们并不觉得什么，我们很快乐，但，大仁，当我们一步步接近造'人造人'的时候，我们就惶恐了，只是我们不晓得，我们看来很兴奋。"

"大仁啊，当潘渡娜造成的时候，我是说，当她只是一个受精卵的时候，我就已经尝到那些苦果了，我在街上乱撞，我离开我豪华舒服的住宅，想随便找一处地方住下，我找到你，但我毕竟舍不得摆脱这一切，我的半生都消耗在试管里，我要知道潘渡娜是否可以成功，我每天注视着她的发展，大仁，我就同时受快乐与痛苦的冲击。"

"大仁，我七岁那年曾把一些钱币埋在后院里，我渴望它长出一棵摇钱树来，我每天去巴望。有一天，它真的发芽了，我忽然惊恐起来，我拔起那棵树，发现那只是一株龙眼树，而掘开土，我很高兴地知道我的钱还在那里，那时候，我便又失望又高兴，大仁，我终于没有得到摇钱树，但我高兴，高兴这个世界有秩序，有法规。大仁，我们老是喜欢魔术，喜欢破坏秩序的东西。但事实上，我们更渴望一些万年不变的平易的生活原则。"

"可惜，大仁，我们竟不知道。"

"对潘渡娜，我也是如此，当我为她的成长而快乐发狂的时候，大仁，我就同时惊慌，同时悲哀。

不久，她已成为一个女婴，我多么盼望她畸形，多么盼望她死去。但是，没有，她健康而美丽。大仁，没有人知道，当她越来越成熟的时候，我痛苦到怎样的地步。

当你们结婚时，大仁，我又怀着一些希望，我多么愿意她是一个不能有性生活的女人。那天晚上我本来要回去，但在我里面的另一个我却要我留下，要我知道她在这方面是否等于一个女人。当你们悄无声息地睡去的时候，我知道一切都安全了，潘渡娜可以放在世人中而不被认出。大仁，那夜，我驱车走过二十世纪的新雪地，径自驶向精神病院，我为我自己挂了号，我写了自己的病名，我躺上自己的病床。

之后，我被他们搬到乡下，他们仔细地照顾我，以便有一天再起来领导他们造'人造人'。大仁，那时候幸亏我没有痊愈，如果痊愈了，我们就要立刻动手生产潘渡娜第二号，那么当我看到她成长时，我将再神经错乱一次。

而那时候，他们告诉我潘渡娜怀了孕，我就忽然更嚣张了，但，大仁，当上帝是极苦的，我是说，不是上帝而当上帝是极苦的。你摔破皮的时候向谁叫'天哪！'，你忧伤的时候向谁说'主啊！'，你快乐的时候向谁唱'哈利路亚'？

多年来对于上帝我一直有'彼可取而代之'的轻心，但，大仁，取代是容易的，取代了以后又怎样呢？

后来，潘渡娜就死了。大仁，可笑他们还不敢告诉我，这是我唯一得救的机会，我唯一可以重拾人的生活的路，但他们竟瞒着我。

但我终于看出来了，我看出有些不对的地方，我自己到实验室去，我看到浸在大玻璃缸中的潘渡娜，大仁，人是出于土而归于土的，但潘渡娜呢，她出于试管而归于试管。"

"我一生的成果在此，她，潘渡娜，我曾希望她是一宗礼物，我曾希望她是一个度者，但她什么都不是，隔着玻璃，隔着药水，我们彼此相视，她已经不复昔日的容颜了，她的身体被液体的折光律弄得变了形——但不知她是否也在看我，她有没有发现我也在变形。"

"大仁，那天我出奇的冷静，我默默地在那里站了一个上午，然后我擦我的眼泪，然后我走出来。"

"大仁，我不明白她为什么会死，他们说她没有死因，他们说她忽然之间一切都停止了，停止思想，停止循环，停止呼吸……他们又说她临死时讲过一句话，她说：'究竟我少了什么？'"

"他们因此更仔细地解剖她，他们把她每一部分都做了详尽的研讨，但终于他们做了结论：她完全等于人，她直到死时，身体每一部分都健康正常，她虽然并没有怀过孩子，但如果假以时日，应该没有什么困难。——其实不怀孩子也没有什么，人类的女子不也常常不孕吗？"

"那么，她为什么死了呢？大仁，她为什么在健康情况最好的时候，无疾而终呢？幸亏她在法律上还没有取得人的地位，否则我们如何签发她的死亡证书呢？"

"大仁，你是和她生活过的，她究竟少了什么，比之你我，她少了什么？"

"我一清醒便立刻召集了一个全体的检讨会，所有的部门都没有错误，九千多科学家中的科学家密切地合作，造出了分量上那么正确的潘渡娜。但，潘渡娜死了，这个使我们奉上我们一生心血时间的女人。大仁，她死了，我们好像一群办家家酒的小孩子，在我们自己的游戏里拜堂、煮饭、请客、哄娃娃睡觉，俨然是一群大人，但母亲一嚷，我们便清醒过来，回家洗手、吃饭，又恢复为一个小孩子。"

"那天，我们面面相觑，不知我们失败在何处。最后我们承认，也许她自己说得很对——她厌倦了，其实我们也厌倦，但我们的担子很神圣，我是说，在冥冥之中，我们对生命、对神奇之物的敬畏，使我们不敢断然拒绝活下去的义务。"

"潘渡娜属于她自己，她有权利遗弃自己，而我们，我们似乎属于一种更高的辖制，我们被雨水和阳光呵护，我们被青山和绿水愉悦，我们无权遗弃自己。"

"大仁，有一天我将死，你们会给我怎样的墓志铭呢？其实，墓志铭都差不多，因为人的故事都差不多，但我只渴望一句话——这里躺着一个人——我庆幸，我这一生最大的快乐和荣幸就是发现自己只是一个人。"

冬天的炉火把屋子涂成温暖的橘红色，松脂的香息扑入衣襟。而窗外，雪片落着，那样轻柔地，像是存心要覆盖某些伤痛的回忆。

"你们到底有没有找出来，她所少的东西？"

"没有，我们只能说没有。"

"我们可不可以猜测——也许你不承认——那是灵魂。"

"我不知道，我只能说我不知道。"

"庆祝你的失败。"我站起来拿酒，"也庆祝我的鳏居。"

"真的，我们好运气。"

陈年的威士忌，二十世纪的。我们高兴地举杯。

"喂，"我说，"你已经洗手不干了吗？"

"不干了，退休金够我吃好几辈子的。"

"他们由谁领导呢？"

"不知道，随他们去吧！"

"你不再关心人类了？你的同情呢？你不是说人类太软弱吗？你不是说旧有的制造办法太落伍了吗？你……"

"大仁，"他转过身喝住我，"你忘了，那是我什么时候说的话了？"

停一下他说：

"让一切照本来的样子下去，让男人和女人受苦，让受精的卵子在子宫里生长，让小小的婴儿把母亲的青春吮尽，让青年人老，让老年人死。大仁，这一切并不可怕，它们美丽、神圣而庄严，大仁，真的，它们美丽、神圣而又庄严。"

他说着便激动地哭了，我也哭了起来。

风从积雪的林间穿过，像一个极巨大的人的极轻柔的低语，火光跳跃，松香不断，白色的热气袅升自粗陶的茶盅。

江　河

一　一个叫穆伦·席连勃的蒙古女孩

猛地，她抽出一幅油画，逼在我眼前。

"这一幅是我的自画像，我一直没有画完，我有点不敢画下去的感觉，因为我画了一半，才忽然发现画得好像我外婆……"而外婆在一张照片里，照片在玻璃框子里，外婆已经死了十三年了，这女子，为何竟在画自画像的时候画出了记忆中的外婆呢？那其间有什么神秘的讯息呢？

外婆的全名是宝尔吉特光濂公主，一个能骑能射枪法精准的旧王族，属于吐默特部落，成吉思汗的嫡系子孙。她老跟小孙女说起一条河（多像"根"的故事！），河的名字叫"西喇木伦"，后来小女孩才搞清楚，外婆所以一直说着那条河，是因为——一个女子的生命无非就是如此，或未嫁，在河的这一边，或既嫁，在河的那一边。

小女孩长大了，不会射、不会骑，却有一双和开弓射箭等力的手——她画画。在另一幅已完成的自画像里，背景竟是一条大河，一条她从来没有去过的故乡的河,"西喇木伦",一个人怎能画她没有见过的河呢?这蒙古女子必然在自己的血脉中听见河水的潺潺,在自己的黑发中隐见河川的流泻,她必然是见过"西喇木伦"的一个。

事实上,她的名字就是"大江河"的意思,她的蒙古全名是穆伦·席连勃,但是,我们却习惯叫她席慕蓉,慕蓉是穆伦的译音。

而在半生的浪迹之后,由四川而香港而台湾而比利时,终于在石门乡村置下一幢独门独院,并在庭中养着羊齿植物和荷花的画室里,她一坐下来画自己的时候,竟仍然不经意地几乎画成外婆,画成塞上弯弓而射的宝尔吉特光濂公主,这其间,涌动的是一种怎样的情感呢?

二 好大好大的蓝花

两岁,住在重庆,那地方有个好听的名字,叫金刚坡,自己的头特别大,老是走不稳,却又爱走,所以总是跌跤,但因长得圆滚倒也没受伤。她常常从山坡上滚下去,家人找不到她的时候就不免要到附近草丛里拨拨看。但这种跌跤对小女孩来说,差不多是一种诡秘的神奇经验——有时候她跌进一片森林,也许不是森林只是灌木丛,但对小女孩来说却是森林。有时她跌跌撞撞滚到池边,静静的池塘边一个人也没有,她发现了一种"好大好大蓝色的花",她说给家人听,大家都笑笑,不予相信,那秘密因此封缄了十几年。直到她上了师大,有一次到阳明山写生,忽然在池边又看到那种花,像重逢了前世的友人,她急忙跑去问林玉山教授,教授回答说是"鸢尾花",可是就在那一刹那,一个持续了十几年的幻象忽然消灭了。那种花从梦里走到现实里来。它从此只是一个有名有姓有谱可查的规规矩矩的花,而不再是小女孩记忆里好大好大几乎用仰角才能去看的蓝花了。

如何？一个小孩能在一个普普通通的池塘边窥见一朵花的天机，那其间有什么神秘的召唤？三十九年过去，她仍然惶惴不安地走过今春的白茶花，美，一直对她有一种蛊惑力。

如果说，那种被蛊惑的遗传特质早就潜伏在她母亲身上，也是对的。一九四九，世难如涨潮，她仓促走避，财物中她撇下了家传宗教中的重要财物"舍利子"，却把新做不久的大窗帘带着，那窗帘据席慕蓉回忆起来，十分美丽，初到台湾，母亲把它张挂起来，小女孩每次睡觉都眷眷不舍地盯着看，也许窗帘是比舍利子更为宗教更为庄严的，如果它那玫瑰图案的花边，能令一个小孩久久感动的话。

三 他们喜欢我们仍然留在蒙古包里

作为一个蒙古人在汉人世界里生存，似乎是相当难熬的。

"蒙古人一生只洗三次澡，出生一次，结婚一次，死的时候再一次。"

那句话是地理老师说的，地理老师刚好是级任老师，她那样说既非由于她去过蒙古，也不是从书上看来的，而是听她的老师说的，而她的老师又何从得知？真是天知道。

她从此不理这个老师。老师一直很奇怪，这小女孩扭错了什么筋，她不知道自己伤害那小女孩有多深。

过了许多年，席慕蓉才发现妹妹曾经经历和她同样的痛苦，她当时的反应更强烈，她竟站起来和老师对吵！也许这就是席慕蓉。她有她的敏锐和痛苦，但她总是暗自饮吞，不惯于爆炸，但也不牺牲的原则，她再也不理会那个老师了。（只是，她这样好脾气，有时几乎到了使人误以为她没有才气的程度。）

每次，在书上，看到有蒙古的照片，她总急着去翻，但奇怪的是，在所有看过的中文书里，她只看过蒙古包。而蒙古人当年既然有文字，当然就有文化，怎么可能只围裹在几座蒙古包里？直到后来，她看到一本法文资料，才发现乌兰巴托大城原来建造得那样高大美丽，为什么每当汉人做纸上神游的时候，他们总喜欢把蒙古人放在"观光保留区"里？包括教科书在内。汉人大概习惯于让蒙古人永远住在蒙古包里，人和人之间为什么如此吝惜于了解呢？她感到气愤，如果以洗澡为例，住在中国台湾的小孩凭什么讥笑住在蒙古的小孩很少洗澡？零下四十度是什么滋味？是可以"冲凉"的环境吗？

这种气愤等一旦身在国外又糊里糊涂地扩大了，每次，当外国人形容中国的时候，她总忍不住勃然大怒起来，气别人一直企图把我们留在小脚女人、辫子男人的形象里。而猛然一回顾，她才知道自己是一个中国人，为中国而生气的中国人。

四 十四岁的画架

别人提到她总喜欢说她出身于师大艺术系，以及后来的比利时布鲁塞尔的皇家艺术学院，但她自己总不服气，她总记得自己十四岁，背着新画袋和画架，第一次离家，到台北师范的艺术科去读书的那一段，学校原来是为训练小学师资而设的，课程安排当然不能全是画画，可是她把一切的休息时间和假期全用来作画了，硬把学校画成"艺术中学"。

一年级，暑假还没到，天却白热起来，别人都乖乖地在校区里画，她却离开同学，一个人走到学校后面去，当时的和平东路是一片田野，她怔怔地望着小河兀自出神。正午，阳光是透明的，河水是透明的，一些奇异的倒影在光和水的双重晃动下如水草一般地生长着。一切是如此喧哗,一切又是如此安静。她忘我地画着,只觉自己和阳光已浑然为一,她甚至不觉得热,直到黄昏回到宿舍,才猛然发现,短袖衬衫已把胳臂明显的划分成棕红和白色两部分。奇怪的是,她一点都没有感到风吹日晒,唯一的解释大概就是那天下午她自己也变成太阳族了。

"啊!我好喜欢那时候的自己,如果我一直都那么拼命,我应该不是现在的我!"

大四,国画大师溥心畲来上课,那是他的最后一年,课程尚未结束,他已撒手而去。他是一个古怪的老师,到师大来上课,从来不肯上楼,学校只好将就他,把学生从三楼搬到楼下来,他上课一面吃花生糖,一面问:"有谁作了诗了?有谁填了词了?"他可以跟别人谈五代官制,可以跟别人谈四书五经谈诗词,偏偏就是不肯谈画。

每次他问到诗词的时候,同学就把席慕蓉推出来,班上只有她对诗词有兴趣,溥老师因此对她很另眼相看。当然也许还有另外一个理由,他们同属于"少数民族",同样具有溥老师的那方小印上刻的"旧王孙"的身份。有一天,溥老师心血来潮,当堂写了一个"璞"字送给席慕蓉,不料有个男同学斜冲出来一把就抢跑了——当然,即使是学生,当时大家也都知道溥老师的字是"有价的",——溥老师和席慕蓉当时都吓了一跳,两人彼此无言地相望了一眼,什么话也没说。老师的那一眼似乎在说:"奇怪,我是写给你的,你不去抢回来吗?"但她回答的眼神却是:"老师,谢谢你用这么好的一个字来形容我,你所给我的,我已经收到了,你给我,那就是我的,此生此世我会感激,我不必去跟别人抢那幅字了……"

隔着十几年,师生间那一望之际的千言万语仍然点滴在心。

五　当别人指着一株祖父时期的樱桃树

在欧洲，被乡愁折磨，这才发现自己魂思梦想的不是故乡的千里大漠而是故宅北投，北投的长春路，记忆里只有绿，绿得不能再绿的绿，万般的绿上有一朵小小的白云。想着、想着，思绪就凝缩为一幅油画。乍看那样的画会吓一跳，觉得那正是陶渊明的"停云，思亲友也"的"图解"，又觉得李白的"浮云游子意"似乎是这幅画的注脚。但当然，最好你不要去问她，你问她，她会谦虚地否认，说自己是一个没有学问没有理论的画者，说她自己也不知道为什么就这样直觉地画了出来。

那阵子，她放弃了向往已久的巴黎，另外申请到两个奖学金，一个是到日内瓦读美术史，一个是到比利时攻油画，她选择了后者，她说，她还是比较喜欢画画——当然，凡是有能力把自己变成美术史的人应该不必去读由别人绘画生命所累积成的美术史。

有一天，一个欧洲男孩把自家的一棵樱桃树指给她看：

"你看到吗？有一根枝子特别弯，你知道树枝怎么会弯的？是我爸爸坐的呀！我爸爸小时候偷摘樱桃被祖父发现了，祖父罚他，叫他坐在树枝上，树枝就给他压弯了，到现在都是弯的！"

说故事的人其实只不过想说一段轻松的往事，听的人却别有心肠地伤痛起来，她甚至愤愤然生了气。凭什么？凭什么？一个欧洲人可以在平静的阳光下看一株活过三代的树，而作为一个中国人却被连根拔起，秦时明月汉时关，竟不再是我们可以悠然回顾的风景！

那愤怒持续了很久，但回国以后却在一念之间涣然冰释了，也许我们不能拥有祖父的樱桃树，但植物园里年年盛夏如果都有我们的履痕，不也同样是一段世缘吗？她从来不能忘记玄武湖，但她终于学会珍惜石门乡居的翠情绿意以及六月里南海路上的荷香。

六　骠　悍

"那时候也不晓得怎么有那么大的勇气，自己抱着上五十幅油画赶火车到欧洲各城里去展览。不是整幅画带走，整幅画太大，需要雇货车来载，穷学生哪有这笔钱？我只好把木框拆下来，编好号，绑成一大扎，交火车托运。画布呢，我就自己抱着，到了会场，我再把条子钉成框子，有些男生可怜我一个女孩子没力气，想帮我钉我还不肯，一径大叫：'不行，不行，你们弄不清楚，你们会把我的东西搞乱的！'"

在欧洲，她结了婚，怀了孩子，赢得了初步的名声和好评，然而，她决定回来，把孩子生在自己的土地上。

知道她离开欧洲跑回中国台湾来，大家觉得惊奇，其中有位亲戚回国小住，两人重逢，那亲戚不再说话，只说："咦，你在台湾也过得不错嘛！"

"作为一个艺术家当然还是生活在自己的土地上好。"她说这句话的时候人在车里，车在台北石门之间的高速公路上，她手握方向盘，眼睛直朝前看而不略作回顾。

"她开车真'骠悍'，像蒙古人骑马！"有一个叫孙春华的女孩子曾这样说她。

骠悍就骠悍吧！在自己的土地上，好车好路，为什么不能在合法的矩度下意气风发一点呢？

七　跟荷花一起开画展

"你的画很笨，"廖老师这样分析她，"你分明是科班出身（从十四岁就在苦学了！），你应该比别人更容易受某些前辈的影响，可是，你却拒绝所有的影响，维持了你自己！"

廖老师说得对，她成功地维持了她自己，但这不意味着她不喜欢前辈画家，相反的，正是因为每一宗每一派都喜欢，所以可以不至于太迷恋太沉溺于某一家。如果要说起她真的比较喜欢的画，应该就是德国杜勒的铜版画了。她自己的线条画也倾向于这种风格，古典的、柔挺的，却又根根清晰分明似乎要——"负起责任"来的线条，让人觉得仿佛是从慎重的经籍里走出来的插页。

"我六月里在历史博物馆开画展，刚刚好，那时候荷花也开了。"

听不出她的口气是在期待荷花，抑是画展。在荷花开的时候开画展，大概算是一种别致的联展吧！

画展里最重要的画是一系列镜子，像荷花拔出水面，镜中也一一绽放着华年。

八　千镜如千湖，千湖各有其鉴照

"这面镜子我留下来很久了，因为是母亲的，只是也不觉得太特别，直到母亲从国外回来，说了一句：'这是我结婚的时候人家送的呀！'我才吓了一跳，母亲十九岁结婚，这镜子经历多少岁月了？"她对着镜子着迷起来。

"所谓古董，大概就是这么回事吧，大概背后有一个细心的女人，很固

205

执地一直爱惜它,爱惜它,后来就变成古董了。"

那面小梳妆镜暂时并没有变成古董,却幻化成一面又一面的画布,像古神话里的法镜,青春和生命的秘钥都在其中。站在画室中一时只觉千镜是千湖,千湖各有其鉴照。

"奇怪,你画的镜子怎么全是这样椭圆的、古典的,你有没有想过画一长排镜子,又大又方又冷又亮,舞蹈家的影子很不真实地浮在里面,或者三角组合的穿衣镜,有着'花面交相映'的重复。"

"不,我不想画那种。"

"如果画古铜镜呢?有许多雕纹而且照起人来模模糊糊的那一种。"

"那倒可以考虑。"

"习惯上,人家都把画家当作一种空间艺术的经营人,可是看你的画读你的诗,觉得你急于抓住的却是时间——你怎么会那样迷上时间的呢?你画镜子、你画荷花,你画欧洲婚礼上一束白白香香的小苍兰,你画雨后的彩虹(虽说是为小孩画的),你好像有点着急,你怕那些东西消失了,你要画下的写下的其实是时间。"

"啊,"她显然没有分辩的意思,"我画镜子,也许因为它象征青春,如果年华能倒流,如果一切能再来一次,我一定把每件事都记得,而不要忘记……"

"我仍然记得十九岁那年,站在北投家中的院子里,背后是高大的大屯山,脚下是新长出来的小绿草,我心里疼惜得不得了,我几乎要叫出来:'不要忘记!不要忘记!'我是在跟谁说话?我知道我是跟日后的'我'说话,我要日后的'我'不要忘记这一刹!"

于是,另一个十九年过去,魔术似的,她真的没有忘记十九年前那一霎时的景象。让人觉得一个凡人那样哀婉无奈的美丽祝告恐怕是连天地神明都要不忍的。人类是如此有限的一种生物,人类活得如此粗疏懒漫,独有一个女子渴望记住每一瞬间的美丽,那么,神明想,成全她吧!

连她的诗也是一样,像《悲歌》里:

今生将不再见你
只为　再见的
已不是你
心中的你已永不再现
再现的　只是些沧桑的
日月和流年

《青春》里:

遂翻开那发黄的扉页
命运将它装订得极为拙劣
含着泪　我一读再读
却不得不承认
青春是一本太仓促的书

而在《时光的河流》里:

啊　我至爱的　此刻
从我们床前流过的
是时光的河吗

"我真是一个舍不得忘记的人……"她说。

（诚如她在《艺术品》那首诗中说的：是一件不朽的记忆，一件不肯让它消逝的努力，一件想挽回什么的欲望。）

"什么时候开始写诗的？"

"初中，从我停止偷抄我二姐的作文去交作业的时候，我就只好自己写了。"

九 牧歌

记得初见她的诗和画，本能地有点赵趄犹疑，因为一时决定不了要不要去喜欢。因为她提供的东西太美，美得太纯洁了一点，使身为现代人的我们有点不敢置信。通常，在我们不幸的经验里，太美的东西如果不是虚假就是浮滥，但仅仅经过一小段的挣扎，我开始喜欢她诗文中独特的那种清丽。

在古老的时代，诗人"总选集"的最后一部分，照例排上僧道和妇女的作品，因为这些人向来是"敬陪末座"的。席慕蓉的诗龄甚短（虽然她已在日记本上写了半辈子），你如果把她看作敬陪末座的诗人也无不可，但谁能为一束七里香的小花定名次呢？它自有它的色泽和形状，席慕蓉的诗是流丽的、声韵天生的，溯其流而上，你也许会在大路的尽头看到一个蒙古女子手执马头琴，正在为你唱那浅白晓畅的牧歌。你感动，只因你的血中多少也掺和着"径万里兮度沙漠"的塞上豪情吧！

她的诗又每多自宋诗以来对人生的洞彻，例如：

离别后

乡愁是一棵没有年轮的树

永不老去

《乡愁》

又如：

爱　原来是没有名字的

在相遇前　等待就是它的名字

《爱的名字》

或如：

溪水急着要流向海洋

浪潮却渴望重回土地

《七里香》

*

像这样的诗——或说这样的牧歌——应该不是留给人去研究或者反复笺注的。它只是，仅仅只是，留给我们去喜悦去感动的。

不要以前辈诗人的"重量级标准"去预期她，余光中的磅礴遒健、洛夫的邃密孤峭、杨牧的雅洁深秀、郑愁予的潇洒妩媚，乃至于管管的俏皮生鲜都不是她所能及的。但她是她自己，和她的名字一样，一条适意而流的江河，你看到它的满满的洋溢到岸上来的波光，听到它澎湃的旋律，你可以把它看成一条一目了然的河,你可以没于其中,泅于其中并鉴照于其中——但至于那河有多深沉或多惆怅,那是那条河自己的事情,那条叫西喇木伦的河自己的事情。

而我们,让我们坐下来,纵容一下疲倦的自己,让自己听一首从风中传来的牧歌吧!

阿雄在吗？

"还好，还没有大变动，"他对自己说，"至少还认得出来。"

门口的晒谷场原来是泥地，现在改成水泥的了，本来只有一根天线的，现在冒出好几根来，大概每个房间各有自己的电视了吧！从前那台跟着房子一起卖掉的老声宝①不知还在不在？

十二年没回来，居然忘了南部的冬天真会热成这种样子。

出租车刚把他放下就一溜烟地走了，这司机真灵，再窄的路他也不在乎，倒居然真给他开过来了。

该看的一眼全看到了，正厅里依然是神龛，两边卧房，再过去是厨房厕所，屋子后面依然传来猪骚味。

正厅里走出一个老妇人，她正弯着左手向后背去抓痒，抓不到，又换成右手，她那么正经地站在正厅门口，又那么认真地抓痒，倒好像是一种正式的仪式，每天必须按时进行的样子。

---

① 声宝电视机：台湾六〇年代制造之电视机，取用日本压缩机，其他部件用本地产品组装，当时为中价位电视机。

他早就料到会有人走出来——乡下地方就是这样,屋子里永远都有人在——却没料到会这么快。

"少年的,"那老妇人一面继续试图抓背,一面也不十分正眼看他,闲闲地问了一句:"要找啥郎①?"

他往前走两步,那老妇人其实还不太老,阿嬷②从前就是这样的,只要她往门前一站,朝过路的人一问话,那些邪不胜正的家伙自然就会跑掉。以前村尾那个"大块的③"想叫他出去打架,只要阿嬷说一声:"要找啥郎?"大块的立刻掉头就跑——他没想到这么多年了,这屋子里现在仍然有个阿嬷在坐镇。

"我,"他犹豫了一下,口气随即很明朗确定起来,"阿婆,我系④国外刚回来的啦,我来找阿雄,阿雄在吗?"

"阿雄,哪一个阿雄?"老妇人现在才开始拿正眼盯着他看了。

"就是周明雄啊!伊⑤老伯⑥人叫做跛脚的。"

"喔喔,就是跛脚伊大汉后生⑦哦!不在啦,古早就搬走了。"老妇人一抓到自己熟悉的话题,就忽然手舞足蹈把话说得多采多姿起来。

"搬到哪里去了?"

"哦,听讲⑧是搬到美国去了,全家都去了,头先是伊大汉查某团仔⑨先

---

① 啥郎:什么人。
② 阿嬷:闽南语"祖母"、"外祖母"皆可称阿嬷,嬷读作"骂"。
③ 大块的:指"胖的"或"大块头"的人。
④ 我系:我是。
⑤ 伊:指他(或她)。
⑥ 老伯:闽南语称"父亲"为老伯,称"对方的父亲"为你伯。
⑦ 大汉后生:大汉指"长",后生指"儿子"。
⑧ 听讲:听(人家)说。
⑨ 大汉查某团仔:指"排行最长的女儿",其中"查某团仔"也可以指一般"年轻女孩子"。

去，嫁尪①嫁得不错的样子，后来啊，全家都去了。哇，人家好命，拢总②走啦！走得没剩半个了！"

"搬走多久了？"

"有够久啰，"老妇人忽然指着一个夺门而出的孩子，"这小孩是刚搬来没几天就生的，肖猴——喂，猴仔，下来，下来，不要爬树——现在十二岁啰，搬来也有十二冬③啰！"

"阿雄在美国哪里？你知道吗？"

"我怎么知道，我系跟伊老伯买厝④的——你少年仔不是美国回来吗？你在美国怎么没碰到伊？"

"没有，我没有碰到伊，碰到了怎么还会想到这里来找伊？美国太大啦，碰不到的啦！"

"阿雄这人不错，我是他小时有看过伊，伊大学去台北读书我就没有再见到伊了——现在要是对面⑤看到恐怕也认不出了。"

"喔，你们买这间厝有够赚啰，现在光这块土地就有够价值⑥啦！哇，这间厝给你买到了，比中爱国奖券还好喔！"

"啊哟，"老妇人说到得意处，不免要眉开眼笑，却又忍着，憋出一副很滑稽的样子，"要说赚，大家都有赚，阿雄伊老伯拿了五十万到美国什么机——哈哈，什么机我也不知道，我听人讲啦——伊到什么机去开大餐厅赚

---

① 嫁尪:嫁丈夫。

② 拢总:通通,一概。

③ 冬:一冬指一年。

④ 买厝:厝原指暂时停棺处,台湾移民早期因一时归葬大陆不易,遂将棺木暂厝居处,久之,"厝"便等于"房子"了,买厝便是买房子。

⑤ 对面:指"面对面"。

⑥ 有够价值:十分值得。

钱啦,啊哟,十二冬了,恐怕赚五百万五千万都不止啰。"

他的脸色骤然一黯,下午的太阳弱了下去。

"再说,自己住的厝,起价①也住,落价②也住,又不要卖,哪里有赚——猴仔,夭寿的,你屈③在地上做什么?"

"人家在灌肚白仔④啦!"小孩也不生气,也不撒娇,问一句回一句,说得有条有理。

"坐啦,坐啦,"老妇人忽然自笑了起来,"你看我老得烘⑤啦,这么远从美国回来,又是来找阿雄的,人没找到,茶也没一瓯⑥,又给你站到脚酸。"

"免啦,免啦,"他作了必要的礼貌的挣扎,"天要晚了。"

"晚,惊什么晚,美国都跑得回来,人少年,惊什么晚! 饮茶啦! 饮茶啦!"

她喧喧嚷嚷地走进厅堂,把铝壶里的茶倒在一种矮胖圆口的茶杯里,他接过来喝了一口,不觉大吃一惊,不但茶壶一样,茶杯一样,连里面的茶都一样——是淡香的麦茶。

"这间厝你以前常常来吧?"

"常常来——天天都来。"

"这一块本来漏的,跛脚的这人真古意⑦,他自己告诉我的——要是现

---

① 起价:涨价。
② 落价:掉价。
③ 屈:蹲。
④ 肚白仔:昆虫,学名蝼蛄(港人称"土狗"),喜钻地洞而居,小男孩常灌水抓来玩耍,类蟋蟀,腹部白色。
⑤ 老得烘:老到胡涂、半失智。
⑥ 一瓯:一杯。
⑦ 古意:诚实,憨厚。

在哪有这种人——我买来又翻了一次瓦,修好了,现在不漏了。"

他注视着那块漏痕,现在没有了,他有点惆怅。

"你在美国十二冬怎么就没有碰到阿雄? 美国有那么大吗?"

"美国太大啦,就跟掉到大缸里的米似的,谁也碰不上谁呀!"

那小孩跑进来,一张脸又红又热,他咕噜噜地灌了两杯茶,又呹喝着跑开了,院子里不知什么时候已经聚了一群小孩在玩。

"阿雄那孩子会出头——啊,我想起了,跛脚伊有个阿姐嫁在台中,等我后生①做产②回来,我给你问阿雄伊阿姑家的地址,伊做生意做得很大,一问就知道,伊一定有阿雄在美国的地址。"

"不用了! 不用了! 我是因为刚好路过想到来看看,要问地址,我可以问别的同学,不用麻烦了。"

老妇人显然并不觉得自己被麻烦了。

"啊呀! 你看我老得烘了,有可乐的呀,冰得好好的可乐呀! 我怎么不记得。"

老妇人说着,也不等他分辩,直冲到后面去开冰箱了,她可乐两字倒是说得字正腔圆,他不觉想笑。

"免啦! 免啦! 有茶饮就够好了,哪里还要饮可乐。"

"厝里有的嘛,又不是特地买的。"

她夺过杯子,一把将茶倒了,硬给他换上可乐。

"秀鸾你有相识吗?"

他心头一辣,是可乐喝得太急了!

---

① 后生:儿子

② 做产:做农田中的事。

215

"秀鸾也是阿雄的同学,你们都相识吧!"

"相识的。"给可乐呛了,说话怪怪的。

"听说伊跟阿雄两个相好,阿雄走了,伊天天两个目晭①红红的,伊老母气得要死,大骂她说:'人家要娶,就会娶了你走,不要,就是不要了,没有听说从美国再回来娶人的,这条心就给我死了,你一个查某囝仔②,又不青瞑③又不麻面④,哪里就嫁不掉?'"

他望着门外,大红太阳一寸寸往下掉,他奇怪自己可以直瞪瞪地看着太阳而不眨眼。

"秀鸾后来嫁了,嫁到高雄,伊尪听说姓陈,有个工厂,人很本分,不坏啦,生了两个男孩,活跳跳的,上两个月还回来过一次。最近比较无闲⑤,没有回来,听说在起⑥大楼,阿雄也娶了吧?"

"大概吧——我十二年没见过他了,怎么知道。"

"人生都是缘分啦!"

"对啦,缘分!"

"阿雄人不坏,他那时一家人上美国也够艰苦,要买房子买餐厅,哪里还有钱娶她,我有时也说她两句,叫她不要怨。"

太阳整个沉下去了。

"你碰到阿雄就跟他说一声,姻缘都是天注定的——你也住在那个什么机吗?"

---

① 目晭:眼睛。
② 查某囝仔:指"女孩子",见注10。
③ 青瞑:瞎子。
④ 麻面:脸上长麻子。
⑤ 无闲:不得空闲,忙碌。
⑥ 起大楼:建造大楼,闽南语常用此语形容"家中兴旺"。

"我？我跑来跑去。"

"大家厝边①都还在谈他们呢！你要去什么机的时候，就去找找中国餐馆看，说不定就碰上了。"

"好，一定。"他艰难地站起身来，"太晚了，我真的要走了！"

"走什么走，饭呷②了再走，美国跑回来饭不吃就走？"

"真的得走了。"他站起身来，"我在高雄跟人家约好了。"

老妇人虽然被他忽来的正经神气慑住了，却犹自不甘心地说：

"可乐再饮一嘴③！"

他顺从地再喝了一杯。

"这盒糖给你们小孙子吃，"他摸了一盒巧克力，"美国糖，好玩的。"

"不行，不行，怎么可以！"

"要是阿雄回来送糖呢？你就会收吧？我跟阿雄也是一样的，又不是什么大不了的东西，小小一盒糖，骗小孩子的，收了，收了……"

猴仔在旁边察言观色，发觉可以收，就飞快地接下了，老妇人犹在嘟嘟嚷嚷地骂着：

"猴团仔，谢谢都不知说一声。"

猴仔急忙说了谢，先是用国语说，后来歪头想想，仿佛觉得不够隆重，他又加了一句不从哪里学来的英文："哈啰，三克油！"

他犹豫了一下，又摸出另一盒来。

"这一盒，就给秀鸾伊小孩吃，就说是阿雄的朋友送的——"

猴仔熟练地接下，一面很大人气地嚷道：

---

① 厝边：邻居。

② 呷：吃。

③ 一嘴：一口。

217

"伊两个我知道啦,伊说好休寒①要来的,伊来我就会给他的啦!"

"三八②!"他阿嬷在一旁笑起来。

"我去了!"他拉好旅行袋的拉链,急急地冲出门去。

"喂喂,"老妇人急着追过来,"你看我老烘了,你少年的叫什么名啊?"

他假装没听见,大踏着步子往公路上赶去了,刚好来了一班空车,他跳上去,一面从窗口向追过来的猴仔挥手。太远了猴仔也不再问话,只跟他挥起手来。他坐好,拿出一张名片,前后翻弄着看,看着看着,他猛然从车窗口探出身子,往老屋方向一挥手,车子正好转弯,司机低低地骂了一声:

"少年的,坐好!"

他虽一脸绝决的样子,倒也听话,立刻乖乖坐好,嘴里却喃喃祷祷地说起话来:

"秀鸾,我没骗你,我说了我会回来看你的,我说过阿雄不会忘记秀鸾的,你看,我不是来了吗?现在车子这个弯一转,周家大厝就看不见了,今天下午看了这一眼,以后就不看了!"

他重新把名片前前后后地翻转,翻到中文的一面他念道:

"鸿运饭店经理 周明雄。"

名片再翻过来,他又念起英文来:

念着英文,他想起刚才猴仔的怪英文,他有点羡慕那孩子——他如此理所当然地取代他而蹲在地上灌肚白仔!

"鸿运饭店经理 富兰克林周。"

听到中英文并用,司机又回头望了一眼,他原来是希望车掌能配合一

---

① 休寒:放寒假。

② 三八:一般用来骂女性,骂男性亦可,略等于"十三点",由长辈口中说出来不算有恶意。

下，为他注意注意这唯一的乘客，不料那女孩正抱着一本吉他谱猛看，连头也不抬。

"哈，富兰克林周，富兰克林周来看周明雄了，周明雄在家吗——不，不对，该叫阿雄，阿雄有在吗?① 阿雄哪里去了？ 阿雄有在吗?"

司机没法引起车掌的注意，只好自己把镜子调好，密切注意。他的人和他的车一向都一样本分谨慎，他已有八成把握，这乘客是个"无害型"的神经病。

"最近怪人多，不过小心点也就无所谓了，好在下一站是大站，上来的人多，不怕他作怪。"

天黑得快，但后视镜里仍然看得到人影，只见那怪人木然坐着，慢慢地从背包里抽出毛衣，披在肩上，一面把两个袖子在颈下挽个结，一面有一搭没一搭地冒出一句：

"喂，阿雄有在吗?"

原载 1980 年 4 月 9 日《联合副刊》(痖弦主编)

（入选尔雅出版社，与龙应台等八人的合集小说《希望我能有一条船》）

背景：

1.这篇小说的时地约设定在 1980 年，台湾南部某乡间。

2.台湾约 65% 以上说闽南话，这篇小说中的语言需以此语言解读。

---

① 有在吗?:闽南语常喜加"有"字，如把"合不合身?"说成"有合吗?"，把"我十分可怜"说成"我有够可怜"。

后记一

你不能要求简单的答案

年轻人啊,你问我说:

"你是怎样学会写作的?"

我说:

"你的问题不对,我还没有'学会'写作,我仍然在'学'写作。"

你让步了,说:

"好吧,请告诉我,你是怎么学写作的?"

这一次,你的问题没有错误,我的答案却仍然迟迟不知如何出手,并非我自秘不宣——但是,请想一想,如果你去问一位老兵:

"请告诉我,你是如何学打仗的?"

——请相信我,你所能获致的答案绝对和"驾车十要"或"电脑入门"不同。有些事无法作简单的回答,一个老兵之所以成为老兵,故事很可能要从他十三岁那年和弟弟一齐用门板扛着被日本人炸死的爹娘去埋葬开始,那里有其一生的悲愤郁结,有整个中国近代史的沉痛、伟大和荒谬。不,你不能要求简单的答案,你不能要一个老兵用明白扼要的字眼在你的问卷上作填充题,他不回答则已,如果回答,就必须连着他的一生的故事。你必须

220

同时知道他全身的伤疤,知道他的胃溃疡,知道他五十年来朝朝暮暮的豪情与酸楚……

年轻人啊,你真要问我跟写作有关的事吗?我要说的也是:除非,我不回答你,要回答,其间也不免要夹上一生啊!(虽然一生并未过完)一生的受苦与欢悦,一生的痴意和绝决忍情,一生的有所得和有所舍。写作这件事无从简单回答,你等于要求我向你述说一生。

●

二岁半,年轻的五姨教我唱歌,唱着唱着,就哭了,那歌词是这样的:

"小白菜呀,地里黄呀,三岁两岁,没有娘呀……生个弟弟,比我强呀,弟弟吃面,我喝汤呀……"

我平日少哭,一哭不免惊动妈妈,五姨也慌了,两人追问之下,我哽咽地说出原因:

"好可怜啊,那小白菜,晚娘只给他喝汤,喝汤怎么能喝饱呢?"

这事后来成为家族笑话,常常被母亲拿来复述。我当日大概因为小,对孤儿处境不甚了然,同情的重点全在"弟弟吃面他喝汤"的层面上。但就这一点,后来我细想之下,才发现已是"写作人"的根本。人人岂能皆成孤儿而后写孤儿?听孤儿的故事,便放声而哭的孩子,也许是比较可以执笔的吧!我当日尚无弟妹,在家中骄宠恣纵,就算逃难,也绝对不肯坐入挑筐。挑筐因一位挑夫可挑前后两个箩筐,所以比较便宜。千山迢递,我却只肯坐两人合抬的轿子,也算一个不乖的小孩了。日后没有变坏,大概全靠那点善与人认同的性格。所谓"常抱心头一点春,须知世上苦人多"的心情,恐怕是比学问、见解更为重要的,人之所以为人的本源。当然,它也同时是写作的本源。

·

　　七岁,到了柳州,便在那里读小学三年级。读了些什么,一概忘了,只记得那是一座多山多水的城,好吃的柚子堆在桥的两侧卖。桥在河上,河在美丽的土地上。整个逃离的途程竟像一场旅行。听爸爸一面算计一面说:"你已经走了大半个中国啦! 从前的人,一生一世也走不了这许多路的。"小小年纪当时心中也不免陡生豪情侠意。火车在山间蜿蜒,血红的山踯躅开得满眼,小站上有人用小瓦甑闷了香肠饭在卖,好吃得令人一世难忘。整个中国的大苦难我并不了然,知道的只是火车穿花而行,轮船破碧疾走,一路懵懵懂懂南行到广州,仿佛也只为到水畔去看珠江大桥,到中山公园去看大象和成天降下祥云千朵的木棉树……

　　那一番大搬迁有多少生离死别,我却因幼小只见山河的壮阔,千里万里的异风异俗,某一夜的山月,某一春的桃林,某一女孩的歌声,某一城埤的黄昏,大人在忧思中不及一见的景致,我却一一铭记在心,乃至一饭一蔬一果,竟也多半不忘。古老民间传说中的天机,每每为童子见到,大约就是因为大人易为思虑所蔽。我当日因为浑然无知,反而直窥入山水的一片清机。山水至今仍是那一砚浓艳的墨汁,常容我的笔有所汲饮。

　　小学三年级,写日记是一件很痛苦的回忆。用毛笔,握紧了写(因为母亲常绕到我背后偷抽毛笔,如果被抽走了,就算握笔不牢,不合格)。七岁的我,哪有什么可写的情节,只好对着墨盒把自己的日子从早到晚一遍遍地再想过。其实,等我长大,真的执笔为文,才发现所写的散文,基本上也类乎日记。也许不是"日记"而是"生记",是一生的记录。一般的人,只有幸"活一生",而创作的人,却能"活二生"。第一度的生活是生活本身;第二度则是运用思想再追回它一遍,强迫它复现一遍。萎谢的花不能再艳,磨成粉的石头不能重坚,写作者却能像呼唤亡魂一般把既往的生命唤回,让它有第二次的演出机缘。人类创造文学,想来,目的也是在此吧?我觉得写作是一种无限丰盈的事业,仿佛别人的卷筒里填塞的是一份冰淇淋,而我的,是双份,是假日里买一送一的双份冰淇淋,丰盈满溢。

也许应该感谢小学老师的,当时为了写日记把日子一寸寸回想再回想的习惯,帮助我有一个内省的深思的人生。而常常偷来抽笔的母亲,也教会我一件事:不握笔则已,要握,就紧紧地握住,对每一个字负责。

•

八岁以后,日子变得诡异起来,外婆猝死于心脏病。她一向疼我,但我想起她来却只记得她拿一根筷子,一片制钱,用棉花自己捻线来用。外婆从小出身富贵之家,却勤俭得像没隔宿之粮的人。其实五岁那年,我已初识死亡,一向带我的佣人因肺炎而死,不知是几"七",家门口铺上炉灰,等着看他的亡魂回不回来,铺炉灰是为了检查他的脚印。我至今几乎还能记起当时的惧忧,以及午夜时分一声声凄厉的狗号。外婆的死,再一次把死亡的巨痛和荒谬呈现给我,我们折着金箔,把它吹成元宝的样子,火光中我不明白一个人为什么可以如此彻底消失了?葬礼的场面奇异诡秘,"死亡"一直是令我恐惧乱怖的主题——我不知该如何面对它。我想,如果没有意识到死亡,人类不会有文学和艺术,我所说的"死亡",其实是广义的,如即聚即散的白云,旋开旋灭的浪花,一张年头鲜艳年尾破败的年画,或是一支心爱的自来水笔,终成破敝。

文学对我而言，一直是那个挽回的"手势"。果真能挽回吗？大概不能吧？但至少那是个依恋的手势，强烈的手势，照中国人的说法，则是个天地鬼神亦不免为之愀然色变的手势。

读五年级的时候，有个陈老师很奇怪地要我们几个同学来组织一个"绿野"文艺社。我说"奇怪"，是因为他不知是有意或无意的，竟然丝毫不拿我们当小孩子看待。他要我们编月刊，要我们在运动会里做记者并印发快报；他要我们写朗诵诗，并且上台表演；他要我们写剧本，而且自导自演。我们在校运会中挂着记者条子跑来跑去的时候，全然忘了自己是个孩子，满以为自己真是个记者了，现在回头去看才觉好笑。我如今也教书，很不容易把学生看作成人，当初陈老师真了不起，他给我们的虽然只是信任而不是赞美，但也够了。我仍记得白底红字的油印刊物印出来之后，我们去一一分派的喜悦。

我间接认识一个名叫安娜的女孩，据说她也爱诗。她要过生日的时候，我打算送她一本《徐志摩诗集》。那一年我初三，零用钱是没有的，钱的来源必须靠"意外"，要买一本十元左右的书因而是件大事。于是我盘算又盘算，决定一物两用。我早一个月买来，小心地读，读完了，完好如新地送给她。不料一读之后就舍不得送了，而霸占礼物也说不过去，想来想去，只好动手来抄，把喜欢的诗抄下来。这种事，古人常做，复印机发明以后就渐成绝响了。但不可解的是，抄完诗集以后的我整个和抄书以前的我不一样了。把书送掉的时候，我竟然觉得送出去的只是形体，一切的精华早为我所吸收，这以后我欲罢不能地抄起书来，例如：从老师借来的冰心的《寄小读者》，或者其它散文、诗、小说，都小心地抄在活页纸上。

感谢贫穷，感谢匮乏，使我懂得珍惜，我至今仍深信最好的文学资源是来自双目也来自腕底。古代僧人每每刺血抄经，刺血也许不必，但一字一句抄写的经验却是不应该被取代的享受。仿佛玩玉的人，光看玉是不够的，还要放在手上抚触，行家叫"盘玉"。中国文字也充满触觉性，必须一个个放在纸上重新描摩——如果可能，加上吟咏会更好，它的听觉和视觉会一时复活起来，活力弥漫。当此之际，文字如果写的是花，则枝枝叶叶芬芳可攀；如果写的是骏马，则嘶声在耳，鞍辔光鲜，真可一跃而去。我的少年时代没有电视，没有电动玩具，但我反而因此可以看见希腊神话中赛克公主的绝世美貌，黄河冰川上的千古诗魂……

读我能借到的一切书，买我能买到的一切书。

刘邦、项羽看见秦始皇出游，便跃跃然有"我也能当皇帝"的念头，我只是在看到一篇好诗好文的时候有"让我也试一下"的冲动。这样一来，只有对不起国文老师了。每每放了学，我穿过密生的大树，时而停下来看一眼枝丫间乱跳的松鼠，一直跑到国文老师的宿舍，递上一首新诗或一阕词，然后怀着等待开奖的心情，第二天再去老师那里听讲评。我平生颇有"老师缘"，回想起来皆非我善于撒娇或逢迎，而在于我老是"找老师的麻烦"。我一向是个麻烦特多的孩子，人家两堂作文课写一篇五百字"双十节感言"交差了事，我却抱着本子从上课写到下课，写到放学，写到回家，写到天亮，把一本本子全写完了，写出一篇小说来。老师虽一再被我烦得要死，却也对我终生不忘了。少年之可贵，大约便在于胆敢理直气壮地去麻烦师长，即便有老天爷坐在对面，我也敢连问七八个疑难（经此一番折腾，想来，老天爷也忘不了我了），为文之道其实也就是为人之道吧？能坦然求索的人必有所获，那种渴切直言的探求，任谁都要稍稍感动让步的吧？

·

你在信上问我，老是投稿，而又老是遭人退稿，心都灰了，怎么办？

你知道我想怎样回答你吗？如果此刻你站在我面前，如果你真肯接受，我最诚实、最直接的回答便是一阵仰天大笑：

"啊！哈……！"

笑什么呢？其实我可以找到不少"现成话"来塞给你做标准答案，诸如"勿气馁"啦、"不懈志"啦、"再接再厉"啦、"失败为成功之母"啦，可是，那不是我想讲的。我想讲的，其实就只是一阵狂笑！

一阵狂笑是笑什么呢？笑你的问题离奇荒谬。

投稿，就该中吗？天下哪有如此好事？买奖券的人不敢抱怨自己不中，求婚被拒绝的人也不会到处张扬，开工设厂的人也都事先心里有数，这行业是"可能赔也可能赚"的。为什么只有年轻的投稿人理直气壮地要求自己的作品成为铅字？人生的苦难千重，严重得要命的情况也不知要遇上多少次。生意场上、实验室里、外交场合，安详的表面下潜伏着长年的生死之争。每一类的成功者都有其身经百劫的疤痕，而年轻的你却为一篇退稿陷入低潮？

记得大一那年，由于没有钱寄稿（虽然，稿件视同印刷品，可以半价——唉，邮局真够意思，没发表的稿子他们也视同印刷品呢！——可惜我当时连这半价邮费也付不出啊！），于是每天亲自送稿，每天把一番心血交给门口警卫以后便很不好意思地悄悄走开——我说每天，并没有记错，因为少年的心易感，无一事无一物不可记录成文，每天一篇毫不困难。胡适当年责备少年人"无病呻吟"，其实少年在呻吟时未必无病，只因生命资历浅,不知如何把话删削到只剩下"深刻",遭人退稿也是活该。我每天送稿,因此每天也就可以很准确地收到两天前的退稿,日子竟过得非常有规律起来,投稿和退稿对我而言,就像有"动脉"就有"静脉"一般,是件合乎自然定律的事情。

那一阵投稿我一无所获——其实,不是这样的,我大有斩获,我学会用无所谓的心情接受退稿。那真是"纯写稿",连发表不发表也不放在心上。

如果看到几篇稿子回航就令你沮丧消沉——年轻人,请听我张狂地大笑吧!一个怕退稿的人可怎么去面对冲锋陷阵的人生呢?退稿的灾难只是一滴水一粒尘的灾难,人生的灾难才叫排山倒海呢!碰到退稿也要沮丧——快别笑死人了!所以说,对我而言,你问我的问题不算"问题",只是"笑话",投稿不中有什么大不了!如果你连这不算事情的事也发愁,你这一生岂不要愁死?

•

传统中文系的教育很多人视之为写作的毒药,奇怪的是对我而言,它却给了我一些更坚实的基础。文字训诂之学,如果你肯去了解它,其间自有不能不令人动容的中国美学,声韵学亦然。知识本身虽未必有感性,但那份枯索严肃亦如冬日,繁华落尽处自有无限生机。和一些有成就的学者相比,我读的书不算多,但我自信每读一书于我皆有增益。读《论语》,于我竟有不胜低徊之致;读史书,更觉页页行行都该标上惊叹号。世上既无一本书能教人完全学会写作,也无一本书完全于写作无益。就连看一本烂书,也令我怵目自惕,引为负面教材,为文万不可如此骄矜昏昧,不知所云。

有一天，在别人的车尾上看到"独身贵族"四个大字，当下失笑，很想在自己车尾也标上"已婚平民"四个字。其实，人一结婚，便已堕入平民阶级，一旦生子，几乎成了"贱民"，生活中种种繁琐吃力处，只好一肩担了。平民是难有闲暇的，我因而不能有充裕的写作时间，但我也因而了解升斗小民在庸庸碌碌、乏善可陈生活背后的尊严，我因怀胎和乳养的过程，而能确实怀有"彼亦人子也"的认同态度，我甚至很自然地用一种霸道的母性心情去关怀我们的环境和大地。我人格的成熟是由于我当了母亲，我的写作如果日有臻进，也是基于同样的缘故。

·

　　你看，你只问了我一个简单的问题，而我，却为你讲了我的半生。文章千古事，得失寸心知，记得旅行印度的时候，看到有些小女孩在织地毯，解说者说：必须从幼年就学起，这时她们的指头细柔，可以打最细最精致的结子，有些毯子要花掉一个女孩一生的时间呢！文学的编织也是如此一生一世吧？这世上没有什么不是一生一世的，要做英雄、要做学者、要做诗人、要做情人，所要付出的代价不多不少，只是一生一世，只是生死以之。

　　我，回答了你的问题了吗？

后记二

我爱上一个家伙

我爱上一个家伙，这件事，其实并不在我的计划中，更不在我父母的计划中。

只是，等真相毕现的时候，已经来不及了。

这家伙的名字叫做——文学。

九岁，读了一点《天方夜谭》，不知天高地厚，暗自许诺自己，将来要做一个"探险家"，探险家是干嘛的？我哪知道！只觉这世界有许多大海洋，而东南西北许多大海洋中有许多小岛，每个小岛上都有岩穴，岩穴中都密藏着红宝石或紫水晶，然而，我很快就想起来了，不行，我晕船，会吐。

然后，我发现，我爱书，只要不是教科书的书，我都爱。当然啦，教科书也得看看，否则留了级可不是好玩的，那年头老师和父母都没听说过世上竟有"不准体罚"的怪事。

母亲希望我学医，她把书分两类，一类是"正经书"，就是跟考试有关的，一类是"斜撇子书"，那就是什么《卖油郎独占花魁》那种。

有后辈问我读书目录，天哪，那是贵族的玩意，我十一二岁时整个社会都穷，一个小孩能逮到手的就是书，也不管它是什么路数。一切今的古的中的外的，只要借得到手的，就胡乱看了——然后，我才知道，我爱读的这些东西，在归类上，叫文学。

原来，我爱上文学了。

十七岁，我进入东吴大学中国文学系，这间大学的文学系比较侧重古典文学，我居然选不到"小说"课，因为没开。有位教授本来说要开的，后来又没开，我跑去问他，如果开，教什么？老教授说会教《世说新语》。那位老教授名叫徐子明，终身以反白话文为职志，曾有"陈、胡两条狗，'的''吗'一群猪"的名句。

我只好自己去乱摸索，在系上，文字学训诂学是显学，我却偏去看些敦煌变文及宋元杂剧或"三言""二拍"，照我母亲的说法，这些也都属于"斜撇子书"，上不得台盘。有机会，我也偷看鲁迅、钱锺书和冰心，看禁书别有令人兴奋的意味，但我觉得比较耐读的其实还是沈从文。

我自己也开始写小说，并且在二十世纪六十年代，东吴中文系终于开了小说课程的时候，我是第一个去教小说的讲师，一教便教了三十年。那时候，课程名称叫"小说及习作"，却只有两学分，只开在上学期，我必须讲古今小说，还要加上分析并讨论班上学生的作品，时间真不够用，后来才加为四学分。

我自己的小说写作，难免有一搭没一搭的。然后，不知怎么回事在一般人心目中，我便成了散文家了。其实，我也喜欢小说和诗歌的。

有一次，有个朋友，名叫陈鼓应，托人传话给我说：

"你是有才华有思想的人，不要浪费你的时间了，应该去专心写小说。"

咦？我忍不住笑了，散文是留给没才华没思想的人写的吗？

我既然爱上"文学"那家伙，就爱它的方方面面，所以，连戏剧连儿童文学乃至文学评析都爱。

但我最常写的却是散文,后来回想起来,发现理由如下:

二十世纪六十年代在台湾写现代诗和写现代小说的作者,必须半文半武。换言之,他们只能拿一半的时间去写作,另外一半的时间则用去打笔仗。光为了两条线,究竟该作"横"的移植,还是该作"纵"的继承,就吵得不可开交。诗界吵得尤凶,诗人似乎容易激动,就连出手打架的事也是有的。那时大家年轻气盛,觉得诗该怎么写,岂可不据理力争!这是有关千秋大业的事呀!好在,这些都跟政治无关,只是纯斗嘴。当然,斗得厉害的时候,有人竟从明星咖啡屋窄窄的楼梯上滚了下来——好在当时大家年轻,没听到骨折那种事……

到二十世纪七十年代,版画家李锡奇有次说了一句发思古幽情的话,他说:

"我们从前,吵来吵去,都是为了艺术。而现在,大家各自去开画展。见了面,不吵了,反而只是互问:

'哎,你卖掉了几张?'"

他说着,不胜唏嘘。

我听了,也不胜唏嘘。

他说这话的地点在"我们咖啡屋",这间二十世纪七十年代所开的地近台大的咖啡屋是我挂名为董事长的,事实上它更大的功能是兼作"文艺沙龙"。

我生平很烦吵架,连听别人吵都烦。打笔仗,也须斗志。我这人缺乏跟人吵架的能量。像鲁迅那么爱跟人吵的人,在我看来真是既无聊又小器,已经近乎"没出息"了。

我看不顺眼的事,顶多酸酸地挖苦几句,便走开了。叫阵的大嗓门我是没有的,所以,后来,我以"可叵"来"变脸",写过些杂文。

我不想卷入争斗，不知不觉就去写了被陈鼓应视作没才华没思想的散文。

应该这么说，当年的"诗"、"小说"、"绘画"是在"激辩""激斗"中摸索出他们的"现代化文艺"的"打球规则"。而"散文"和"舞蹈"则是没费一兵一卒或动一干一戈，自动就完成的。散文界不吵架，大概跟"散文家性格"有关，舞蹈则跟"林怀民的强"有关，他二十世纪七十年代才回国且出道，一曲《介之推》跳下来，谁能不侧目？仗不打自赢——但古典芭蕾也并未因此消灭。

可是话说回来，躲着小说和诗是一回事，小说毕竟是文学的一个面目，我其实也挺爱它的。而且，我的小说作品虽不多，我的散文、我的戏剧和我的诗、我的儿童故事、我的讲演……在在都充满小说中的叙事手法，我其实是个爱说故事的人。

电影《芭比的盛宴》中的男主角跟他一度爱慕却一别三十年的女主角说：

"这些年来，我没有一天不在想着你。"

没写小说，或说，没太写小说，不代表小说没在我心里。

"烽火连三月 家书抵万金"谁能说它只是一句唐人的近体诗呢？其中岂不藏着一位好导演可以拍上两小时的情节吗？

文学世界里的价值是可以互相兑换的，像黄金可以换珠宝，珠宝可以换现金，现金也可以换支票，支票可以换成提款卡，形式不重要，重要的是，它价值多少？

长江文艺出版社想出我的小说，写此为后记——不过，在心情上，我自觉写的好像是自己的半部文学恋爱史呢！